猫がこっちを見る理由

雪月あさみ

もくじ

ヘアゴム……7
彼女と猫……17
人間みたいな名前の猫……25
新しい名前……30
好きなもの。嫌いなもの。……37
飼い犬に見られる……43
瞳の先に……49
なくしたと思っていた照明のリモコン……55
睨み合い……63
黒橡色の目……71
お尻ふりふり……77
ぶっきらぼうな部長に物議を醸す……81
透明な世界……89
私のしごと……97

全人類[redacted]監視化計画……103
リリーの喉に……108
タペタムのペンダント……116
猫だけが見ていた……124
猫をじっと見る……130
染み……134
孤独のワンルーム……141
店先で……152
彼女と猫、と僕……157
死神の使い……165
猫まわし……173
とある大学生たちの会話……183
猫屋敷……189
ブサカワ猫の小さい目……197

もしもあたしが猫だったのなら …… 204
羨ましい限りです。 …… 210
その瞳で見てきた全てのものに …… 215
街のヒーロー …… 225
たった三年で …… 234
気になる …… 240
都市伝説『猫被村』に迫る！ …… 245
短い揺れ …… 254
ネコ失踪事件 …… 257
第二児童公園の集会 …… 267
窓辺に …… 273
綿毛 …… 279
活字の国のダイナ …… 284

あとがき …… 295

ヘアゴム

お風呂上がり。部屋着に着替えた私はキッチンへと向かった。

淡いブルーのTシャツとショートパンツ。上下セットの部屋着だ。

夕食に黒酢あんの酢豚《すぶた》を食べたからか、それともいつもより長めにお風呂に入って火照《ほて》ったからなのか、喉が渇いた。

喉を潤したい気分だ。

一人暮らし用の小さな冷蔵庫を開けて、ドアポケットを見る。

炭酸水が入っていた気がしたのだけれど、何もなかった。

そういえば一昨日、飲みきったのだった。

水でも飲もうかとも思ったけれど、生ぬるい水道水の口当たりを想像したら、もっと冷たいものが欲しくなった。

冷蔵庫を閉め、上段の扉を開ける。直冷式の冷凍庫内には、びっしりと霜がついている。学生時代から使っている冷蔵庫で、かれこれ六年の仲だ。

その間、霜取りをしたことがなく、年々、庫内スペースに占める霜の割合が増えてきている。

冷気が肌に当たって気持ちいい。

庫内には間仕切りがされており、製氷皿を置けるスペースがあるのだけれど、私はそこにアイスを入れている。

アイスなんか食べたら、さらに喉が渇きそうとも思ったけれど、冷たいものを食べたい欲が勝った。

数種類の中からカップタイプのアイスを取り出す。取り出す時に周りの霜にパッケージがあたって、サリサリと音がする。

「プレミアムアイス　宇治抹茶味《うじまっちゃあじ》」

上品なフォントでデザインされた商品名とともに、スプーンですくった濃厚そうな緑色が目に入ってきた。

うん、違うんだ。美味《おい》しそうではあるが、今の気分ではない。もっとさっぱりしたアイスが食べたい。

抹茶アイスを戻し、代わりに細長いパッケージを手に取る。

「チョコ&バニラモナカ」

好きだよ、バニラもチョコも。でも違うんだ。今の気分は。もっとシャリシャリしてる氷菓がいいんだ。

私は次のパッケージを手に取る。バータイプのものだ。

「冷凍果実シリーズ　完熟キウイバー」

パッケージには、みずみずしいキウイの断面が弾《はじ》けるように描かれており、その手前には、透明感のある緑色をしたアイスバーの写真がデザインされていた。

そうそう、これ。私が求めていたもの。同じ緑でも抹茶とは違う、さっぱり系のシャリシャリタイプ。

私はキウイバーを手に取り、ソファへと向かった。


二人がけの小さなソファには、飼い猫のマルが気持ちよさそうに丸くなって寝ていた。

高校生の時、親戚のおばさんから譲り受けた子猫で、上京する時に一緒に連れてきた。

もちろんマンションはペットOKの部屋である。

かれこれ八年の仲だ。まあ、冷蔵庫より長い。

茶色地に黒色の縞模様《しまもよう》があるキジトラのミックスのオス猫。まん丸い黒い瞳がかわいくて、マルと名付けた。

マルを起こさないよう、ソファに寄りかかるように床に座った。マルは一瞬だけ起きたかのように思えたけれど、すぐに手で顔を覆い、寝返りを打ってまた寝てしまった。

テーブルに置いてあるスマホを手に取り、動画配信アプリを立ち上げると、トップ画面には「続きから見る」と、韓国ドラマのシリーズ名が表示されていた。

十八年来の幼なじみの二人が、お互い親友として接していたのだけれど、男性の方が仕事の関係で生まれ育った街を離れることになってしまい、それをきっかけに少しずつ互いを意識し始める、といったストーリーの恋愛ドラマだ。

スマホを横にして、テーブルの上のティッシュＢＯＸに立てかける。

韓国ドラマにはまっていて、最近は毎日、こうして寝る前の数時間ドラマを見ている。

キウイバーのパッケージを開けて、中身を取り出す。アイスにはパッケージ通り、キウイの種がたくさん含まれていて、「冷凍果実」の名にふさわしい果実感がある。

アイスを口に持っていき、一口かじる。シャリ、と音がした。

ひんやりと冷たい氷の食感と、キウイの甘さと酸味が口の中に広がる。

うん、美味しい。このアイス、美味しい。

アイスも食べ終わり、四十分ほど韓国ドラマを見ていると、足下にヘアゴムが落ちているのに気がついた。

さっきまであったかな？

黒いシンプルなヘアゴムだ。手の届く位置だったので、それを拾い、自分の手首に掛けた。

ヘアゴム入れはベッド側のサイドテーブルの上にある。大手生活雑貨店で買ったアクリルの箱だ。そこにいろんなヘアゴムを入れている。

サッと立って、ヘアゴムをしまうこともできるけれど、ドラマの途中だし、しかも良いところだし、見終わってからやろう。

ドラマでは、恋のライバルと言うべき存在が初登場したのだ。幼なじみの二人は、結局は結ばれるのだろうな、と思っていた矢先の登場だ。しかもイケメン俳優。グイグイと彼女を引っ張っていきデートに誘っている。

幼なじみの彼が犬系だとすると、ライバルはキツネ系だ。

私自身、キツネ系がタイプだから、グイグイ迫られると落ちてしまうかもしれない。

場面はキツネ系彼が彼女と話をしている時に、偶然に犬系彼が鉢合わせてしまったところだ。

犬系彼はばつが悪そうに眉を八の字にし、うつむき加減で彼女を見つめている。捨てられた子犬のような目で「彼氏……、ではないですよね？」と言いたげである。

さすがにかわいそうな状況だ。犬系彼には何の罪もない。むしろ今まで従順に彼女に尽くしてきたのである。

一方、キツネ系彼は、「どう？　行くよね？」とさらに彼女に迫っている。彼の顔がアップで映し出されると、カメラ目線で「ん？　行かないの？」と、まるでこちらに問いかけるように訊《き》いてくる。

ドラマの彼女になったかのように耳が赤くなる。たっぷりと尺を使って彼女の返事を待つ。彼はクールな目つきで私を見ている。

やばい。直視できない。一瞬、スマホの画面から視線を外すと、マルがちょこんと座ってこちらを見ていた。

さっきまで私の後ろのソファで寝ていたはずなのに、いつの間にか移動していた。

「マル、どした？」

マルは何も鳴かず、私を見ている。まん丸い黒目でただじっと、何かを訴えかけるように見つめている。

「どした？　ご飯？」

鳴かない。違うらしい。でもじっと私に視線を送っている。

「あれ？」

マルの足下にはヘアゴムが落ちていた。黒いシンプルなヘアゴムだ。思わず自分の手首を見ると、そこにはさっき拾ったヘアゴムがかかっていた。さっきのとは別のヘアゴムである。

「マルが持ってきたの？」

マルは声にならないくらい小さな声で「にゃぅーん」と鳴いた。

「遊んで欲しいのか」

普段、ヘアゴムを飛ばすと、マルは口に咥《くわ》えて持ってきてくれるのだ。さっきのヘアゴムもマルが持ってきたのかな。

「今、ドラマ、良いところなんだけどな……」

視線を再びスマホに戻すと、今度は犬系彼がアップになっていた。

「その人とデート、行かないで……」と言いたげに目を潤ませている。

キツネ系彼もやばいが、こっちもやばい。私を見ているようだ。この視線にやられる。これは心が揺らぐ。

私はまたドラマに見入った。

「にゃーん」

マルがさっきよりも大きな声で鳴き、さっきよりも近い位置に来ていた。いつの間に近づいたんだろう。まるでだるまさんが転んだのようだ。マルの足下にはヘアゴムが置いてある。

「遊んでよぅ」と言いたげに、少しムッとしたように頭をほんの僅かだけ下げて、私を見ている。

「何？　きみ。文句あるの？」

キツネ系彼が、犬系彼にふっかけてきた。

「あなたこそ……」

犬系彼も負けじと何か言おうとしている。

「にゃあーんっ！」

マルは足を伸ばしている私の太ももに登ってきたかと思うと、そこに座り、「遊んでくれるまでここから動きません！」とでも言うかのように目で訴えかけながら、全体重を乗っけてくる。

そして、今度は見上げるように私をまん丸い黒い瞳で見つめてくる。じっと。じっと。

スマホばかり見てないで遊んでよぅ。

そう聞こえた。


そして私はその熱い眼差《まなざ》しに負けた。犬系彼よりもキツネ系彼よりも、猫系彼、というか猫のマルの瞳に私は弱い。

「よし！　遊ぼう！」

ドラマの途中だったけれど、動画配信アプリを終了し、マルが持ってきたヘアゴムを拾った。

「にゃーん！」

ヘアゴムをキッチンの方にぽーんと飛ばしてやる。すると、マルは嬉《うれ》しそうに犬のように駆けていき、ヘアゴムを咥えて持ってきたかと思うと、私の前にぽとんと落とした。

また飛ばして。

マルはまん丸い黒い瞳で訴えかける。

「持ってきてくれて偉いね。よーし、また飛ばすよ、ほら！」

マルはまた駆けて、ヘアゴムを咥えて持ってくる。

もっと遊んで。
まん丸い愛くるしい黒い瞳が私を見つめている。
あぁ、かわいいい。

彼女と猫

彼女は予告なしに猫を連れてやってきた。いや、正確には予告はあった。猫を連れてくる一時間前に。

今から数日、猫を預かって欲しい、と。

だけどそれには問題が三つあった。

まず一つ目は、僕が猫アレルギーであることだ。病院に行って検査してもらったわけではないので実際には違うのかもしれないが、ついこの前、大学の男友だち三人で初めて猫カフェに行った時、店に入って数分後には鼻がむずむずしてきて、くしゃみが止まらなくなったのだ。

ついでに目も赤く充血してしまい、友だちからは「お前それ、絶対猫アレルギーだって」と、笑いながら言われた。

アナフィラキシーショックを起こすほどではないけれど、猫カフェどころではないのは間違いなく、僕は一人、カフェスペースの隅の方に座って、症状が治まるまで、ただただ耐えていたのだった。

二つ目は、住んでいるマンションがペット飼育禁止であることだ。

大学は自転車で十五分程の距離だし、商業施設にも大学と反対側に十分程、自転車を走らせれば行ける距離にあって、家賃も、ワンルームで一ヶ月一万八千円とかなり安い。

築年数は三十五年以上経過しているし、水回りは狭く、バスタブはなくシャワーブースのみであったり、キッチンのシンクが手洗い場と疑う程の小ささだったり、洗濯機置き場も部屋にはなく、一階の共用部にあるコインランドリーを使う必要がある、といった不満点もあるけれど、それらも気にならないぐらい学生にはありがたい賃貸料なのだ。しかも僕が住んでいるのは七階建ての五階と、割と上層部である。

大学進学の時に地元から関東地方に出てきて、一人暮らしをするために借りたのだ。かれこれ住んで三年になる。

当然、今、犬も猫も小動物も飼ってないし、物件選びの時だって飼う予定もなかったから、ペット飼育可能のマンションなんて条件から外していた。犬や猫が嫌いなわけではないが、ペット飼育可にするだけで家賃は数段上がり、それ以外にも食事代や病院代などの費用が発生する。貧乏大学生の一人暮らしでわざわざ飼おうとは思わないのが当然だろう。

そして三つ目の問題は、彼女も一緒にうちに数日転がり込んでくるらしい。彼女とは学部は異なるけれど同じ大学、同じ学年である。

彼女は五駅先の実家暮らしで、電車とバスを使って通学していて、その実家で飼っている猫が「でぃーちゃん」である。

でぃーちゃんは、シルバーグレーとブラックのサバトラ模様のミヌエットだ。

ミヌエットという猫の種類は彼女から聞くまで知らなかった。マンチカンとペルシャの交配種だそうだ。手足の短いマンチカンの特徴と、ペルシャの特徴である長くて柔らかい毛を持ち合わせた猫だ。

性格は甘えん坊で人なつっこく、好奇心旺盛な猫である。

でぃーちゃんの写真や動画を彼女に見せてもらったことがあり、そこで猫のおもちゃで遊んでいる姿や彼女の実家の廊下を全速力で走っている姿が印象に残っている。

遊ぶのが大好きな猫なのだと彼女から聞いている。確か年齢は四歳だったはずだ。

そのミヌエットのでぃーちゃんが彼女と一緒に僕の家にやってくるのだ。

実家の両親とその飼い猫に関して、些細《ささい》な言い合いをしたみたいで家を出たらしく、その行き先として僕の家が選ばれたようである。

彼女は僕の家の住所も知っているし、前に一度、部屋に来たこともある。大学の友だち数人と宅飲みすることがあって、その時に彼女も誘ってみたら、あっさりＯＫの返事をもらって家に遊びに来た。

ちなみに、「彼女」と言っているが、別に付き合っているわけではない。大学一年生の時に一度、僕は彼女に告白してフラれているのだ。

その後も好意を寄せてはいるものの、関係が大きく変わることはなく、あくまで仲のよい異性の友だち止まりなのだ。だから当然、宅飲みした時も、それ以上何かあったわけでもない。

その彼女が、突然、今度は一人で、猫を連れて、しかもおそらく泊まりで、しばらく僕の家で過ごすというのだから、頭の整理が追いつかないわけである。

彼女が家に泊まりに来るということを考えると、猫アレルギーだとかペット禁止のマンションだとかは、正直どうでもよい問題だった。

部屋が散らかっているから片付けなければならない。彼女はどこに寝るのだろうか？まさかこのベッドに僕と二人で寝るのか？

食事はどうしよう。冷蔵庫には何もない。というかこのキッチンではろくに調理もできないだろう。

彼女もここでシャワーを浴びるってことだろうか？　うち、脱衣所ないんだけど、どうしたらいいんだ？　朝、二人とも一限がある日は大学には一緒に行くのか？　その時、でぃーちゃんは家で留守番？　鳴いたりしないか？　彼女の実家のように部屋は広くないけれど大丈夫なのか？　でぃーちゃんはどこで寝るのか？　え、というか彼女はこのベッドで僕と寝るのか？　朝まで？　いや、その場合、僕は床で寝た方がいいのか。え、てか、なんで僕のうちに来てくれることになったのか？　これは期待していいのか？　部屋のニオイ臭くないか？　しばらくって何日いるんだ？　そんな夢みたいなことあっていいのか？　やば、どうしよう、緊張するんだけど。

とにかく片付けた方がいいか。もうそろそろ彼女が来てしまう。ほんとうに僕の家でいいのか？　ほんとうに僕の家に泊まりに来るのか？

僕の頭の中は騒がしかった。この状況に喜んでいる僕もいれば、いやいや、ここは冷静さを保たなければと気持ちを正す僕もいれば、早く部屋をきれいにしなければと焦っている僕もいる。

彼女はタクシーで来るそうだ。電車だと人が多く、でぃーちゃんが怖がってしまうかららしい。タクシーだと四十五分ぐらいで着く。

ピンポーン、とインターフォンが鳴った。

結局時間がなくて、部屋はあまり片付けられなかった。玄関に向かい、扉を開ける。

外には彼女がスーツケースと猫のケージ、それから背中に大きなリュックを背負った格好で立っていた。

彼女は予告通りに猫を連れてやってきた。

青と灰色の手提げ型のケージの中から、猫の鳴き声が聞こえた。

「入って、いい？」

彼女が僕に尋ねる。

「あ、ごめん。どうぞ」

「ありがと」

僕は玄関の扉を大きく開けて、扉を押さえながら彼女を部屋に招き入れた。


「でぃでぃ。ごめんねぇ。怖かったね」

彼女は部屋に入るなり、ケージからでぃーちゃんを出して抱きかかえた。彼女はでぃーちゃんを落ち着かせようと頭を撫《な》でている。

そうしていると、でぃーちゃんは次第に落ち着いてきて、彼女は床にでぃーちゃんを降ろした。

でぃーちゃんは少し歩くと、視線の先にいる僕と、自然と目が合った。そしてすぐに動きを止めて固まってしまった。

目の周りの毛並みが困り眉のような形になっていて、頭もかしげている。

「目が点になる」という表現がぴったりな程に、小さな黒目でじーっと僕を見ている。

誰ですか、あなた。

そう聞こえてきそうな目だ。でぃーちゃんは次第に僕を警戒し出して、僕を見つめたまま、少しずつ後ずさりをしていく。

「でぃでぃ、怖くないよ、大丈夫、大丈夫」

彼女がなだめるけれど、それでもなお後ずさりしていく。

そして、僕は急に鼻がムズムズし出して、大きくくしゃみをした。

くしゃんっ！

その瞬間、でぃーちゃんは驚いて、僕から逃げるように駆けだしていってしまった。

でぃーちゃんはカーテンの隙間に隠れて、こちらの様子をそろりと困った顔をしながら、片目だけでじーっと覗《のぞ》いている。

あぁ、どうしよう驚かせてしまった。

うまくやっていけるだろうか。この先が不安だ。

人間みたいな名前の猫

世の中には人間みたいな名前をつけられた猫がいる。三郎《さぶろう》、次郎《じろう》、昴《すばる》、花《はな》、萌香《もか》、さくら、凛《りん》……。

杉本家《すぎもと》の猫もそうだった。

琥太郎《こたろう》が「にゃー」と言った。

琥太郎は一歳のオスだ。まだ小さいから脱走防止の囲いの中にいる。

反対に僕は、囲いの外で琥太郎を見守っている。僕もまだ三歳で小さいから、安全のために琥太郎に触れるのは制限されている。

囲いは琥太郎も僕も登れないくらいの高さがある。

ママが言うには、猫と子供が同じ空間で過ごすには気をつけなければいけないことがたくさんあるらしい。パパと話していた。

例えば、子供は好奇心旺盛で猫の身体《からだ》を容赦なくベタベタ触るらしい。猫はそれを攻撃と捉え、子供に猫パンチを喰《く》らわせるようだ。僕はもちろんそんな節度ないことしないし、琥太郎だってそんな攻撃的な態度は取らない。むしろおとなしくしている。

他にも、子供は成長過程において周りの真似《まね》をすることが多くなる。親が「あー」と言ったら、それに合わせて子供も「あー」と言ったり、手をグーパーしたら、子供も手をグーパーして真似るそうだ。

子供のその真似ぐせは猫に対してもすることがあり、例えば、近くで猫がご飯を食べていると、子供はそのご飯を食べようと手を出して口に入れる真似をするようだ。当然だけど猫と子供は食べる物が異なるので、与えてはいけない物が子供の口に入らないように注意しなければいけない。また、猫は猫で自分の食べ物を盗《と》られたと認識してしまい、子供に対して危害を加えることがあるそうだ。

僕は子供だけど、そこまで赤ちゃんではない。言葉は話せなくても常識ぐらい身についているし、こうして頭では理解して考えることぐらいできる。だからそんな常識はずれのことなんかしない。

だけどママは、安全のためにと言って、僕が直接琥太郎と触れ合う機会はあまり設けてくれない。琥太郎の寝顔がかわいくて、横で一緒に寝たいのだけど、ダメと言われている。

それから琥太郎はよくミルクを飲んでいる。僕はもうそんな歳《とし》じゃないから飲まないけど、琥太郎が美味《おい》しそうに飲んでいるのを見ると、たまには飲みたくなる時もある。ママにせがむと「しょうがないわねぇ、ちょっとだけだよ」と言って、冷蔵庫から出した牛乳を取り分けてくれる。たまに飲むと美味しい。

「夕飯の支度をするからひとりで遊んでてね」とママに言われた。僕は初め言われた通りに自分のおもちゃで遊んだり、家の中をひとりで走ったりして遊んでいたけれど、そのうち飽きてしまった。

琥太郎と遊ぼうと囲いの前までいく。琥太郎はおもちゃで遊んでいた。お気に入りは転がすと音が鳴る色のついたボールのおもちゃだ。脱走防止の囲いの中で、転がしては追いかけ、また転がしては追いかけてを繰り返している。

それを見ていると楽しそうで僕も交ざって遊びたいなと思い、琥太郎に向かって、琥太郎、遊ぼうと言った。

すると琥太郎は遊んでいた動きを止めて、こちらに向かって「にゃー、にゃー」と話してきた。

琥太郎は僕の方に近づいてきて、柵の隙間からこちらをじっと見つめてきた。僕のことを不思議なものを見るような目で見ている。僕は琥太郎を見つめ返す。

猫と人間の子供は姿形が違うのだから、不思議と思うのも無理ない。僕だって最初、琥太郎が家に来た時、得体の知れない生き物だと思って、その姿をまじまじと見てしまったのだから。

琥太郎が柵の隙間から手を出してきて、僕に触れようとしてきた。僕も琥太郎に触れようとした時、ちょうどママがやってきて「それはダメよ」と、制限されてしまった。少しぐらいいいじゃないか、と僕は思った。

やがてパパが外から帰ってきて、みんなで夕食を食べた。ママとパパは同じご飯で、僕と琥太郎はそれぞれ異なるご飯だった。

食後、琥太郎はパパに抱っこされては気持ちよさそうにしていた。僕も抱っこして欲しそうに見ていると、ママが僕を抱っこしてくれた。身体を左右に揺らしてくれる。

やがて琥太郎はタワーの上に移されてそこで寝てしまった。

僕はタワーの上には行けないので、そこがどんな感じになっているか分からない。

ママの腕から降ろされ、下からタワーの様子を見ているとパパが話しかけてきた。

「ハヤト、どうした？　琥太郎のベビーベッドが気になるのか？」

僕はパパを見ながら返事した。

「にゃー、にゃー」

あーぅ
にゃっ

新しい名前

夢を見た。はっきり鮮明な夢ではなかったから、起きた瞬間から夢のディテールが失われていった。だけど記憶に残っているのは、猫がいたこと。それからその猫に「ニーナ」と、人間みたいな名前をつけたこと。

それだけは目が覚めても覚えていた。

これは「ニーナ」という名の猫を飼いなさい、というお告げだと思った。

普通の夢とは違う、という感覚があった。見えざる力に動かされるように、その日はそれなりに大きいペットショップに「ニーナ」を探しにいった。

実際の猫を見たら、「この子がニーナだ」と直感にくるものがあると思ったからだ。

駅からちょっと離れたショッピングモール内にある大手ペットショップには、いろんな種類の猫がいた。

猫はどの子もかわいかった。一番人気はスコティッシュ・フォールド。垂れた耳と丸顔で白と茶色の柄の子猫の前では他のお客さんも見ていた。くりくりした目がかわいかったけれど、「ニーナ」って名前が合う子ではなかった。

次に人気だったのは、マンチカン。手足が短く、身体《からだ》全体も小さい。「小さい」や「子供」という意味がある「マンチキン」が名前の由来のようだった。サバトラ柄の子猫は、少しぽっちゃり体型で、こちらも「ニーナ」というイメージからはかけ離れていた。

名前からイメージを浮かべるのは失礼な話かもしれないけれど、「ニーナ」という名前からは、シュッとスタイルが良くて、活発だけど上品な猫のイメージがあった。

シルバーとブラックの縞模様《しまもよう》のアメリカン・ショートヘアの子猫もかわいかった。ケージの中で、おもちゃのボールをひたすらロックオンして、駆け回っている姿を見たら、「ニーナ」っぽいなとも思ったのだけど、オスの子猫だった。「ニーナ」はメス猫のイメージだ。

長毛種で、ブラウン系の色が数種類混ざった柄のメイン・クーンも上品な感じがして「ニーナ」のイメージに近かった。だけど、メイン・クーンは成長するとかなり大きくなるらしく、室内飼いが大変そうと思った。

他にも、いくつかノルウェージャン・フォレスト・キャットやミヌエット、ブリティッシュ・ショートヘアなどの猫を見たけれど、「ニーナ」と思えるような、ビビッとくる猫はいなかった。

やはりただの夢だったのだろうか。夢が現実になることなどそうそうない。

今朝見た夢に影響されて、家を飛び出してペットショップに来たのが急に馬鹿馬鹿しく思えてきた。

カフェにでも寄って少し休憩したら家に帰ろう。ペットショップを後にし、駅前まで移動したところ、小さなペットショップを見つけた。ちょっと覗《のぞ》いてみようと中に入った。

縦長の店舗で二階構成になっていた。一階は犬のフロアだったので、手前にある階段から二階に上がった。そこにはアクリル板で仕切られ、縦に三段、横に四列の合計十二個の区画に分かれたケースが並んでいた。そしてちょうど真ん中辺りの区画に「ニーナ」がいた。

十二個全て見ることなく、「私を見て！」と言わんばかりに、ケースの中で、アクリル板に両前足をつけながら、ひたすらぴょんぴょん跳んでいる子猫がいたのだ。

その子を見た瞬間、「ニーナ」だと直感がビビッときた。

もっと近くで見たいと思い、そのケースの前に行く。その子は、こちらを見ながら、ずっとぴょんぴょん飛び跳ねている。非常にちっこい猫だ。

アクリル板の外側にはその子猫の情報が記されていた。

千葉県生まれのメス猫のようだ。

この子は「シンガプーラ」という聞いたことのない種類の猫だった。

ペットショップの店員さんによると、シンガプーラはシンガポールで発見された猫で、「小さな妖精」とも呼ばれており、純血種の中では世界最小の猫だそうだ。毛色は「セピアアグーティ」という名の色で、アイボリーの地色に灰色や茶褐色が織り混ざった色をしている。身体も小さく、おとなしく、あまり鳴かない猫だそうで、日本のような狭い住宅で室内飼いするような人に向いているそうだ。

額にM字の模様があり、「ここから出してよー」なのか「私と遊んでー」なのか分からないけれど、アクリル板越しに、つぶらな瞳でずっとこっちを見ながら、ぴょんぴょんとジャンプしている。

「がぷさん、かわいいですよねぇ。お家《うち》に連れて帰られますか？」

がぷさん!?　この子は「ニーナ」だ。「ニーナ」を連れて帰りたい。

情報カードに記載されている値段を見るとそれなりにした。まさか本当に「ニーナ」が見つかるとは夢にも思っていなかった……いや、夢には出てきたのだけれど、本当に「ニーナ」と思える猫に出会えるとは正直思っていなかったので、購入することは全く考えていなかった。

でも、この子は確かに「ニーナ」といえる容姿だった。

「ちょっと、考えます……」

お金の問題もそうだけれど、飼うとなると色々考えなければならない。この場で即決ができなかった。

帰り際、もう一度ケースの方を振り向くと、「ニーナ」は小さな瞳でこちらをずっと見つめながら、ぴょんぴょん飛び跳ねていた。


翌日もその翌日も、仕事帰りにペットショップに寄った。飼いたいけれどまだ決断できなくて、でも他のお家にもう行ってしまってたらどうしようと気になって見に行った。

「ニーナ」は見に行くたびに、両前足をアクリル板につけて、ぴょんぴょんと飛び跳ねながら、小さくつぶらな瞳を潤ませながら、こちらを見つめてきた。

「がぷさん、お姉さん今日も来てくれたよ」

がぷさん!?　この子は「ニーナ」です。

とはいっても、家に迎え入れなければ、この子は「ニーナ」ではなくなってしまう。

「ニーナ」という言葉を調べてみたら、ドイツ語で「小さな女の子」という意味があるようだった。世界最小の猫、「小さな妖精」に、まさに相応《ふさわ》しい名前だった。この子が「ニーナ」なんだと、改めて思った。

だけどその日も決められなかった。日が経《た》つにつれて、焦りが大きくなっていく。

そしてずるずると決断できずに一週間が経ってしまった。

これ以上決めきれないでいて、ある日いなくなっていたら後悔しかないと思った。

一週間前に、夢に現れた猫。名前は「ニーナ」。記憶に残っているのはそれだけ。その日にペットショップに行って、「ニーナ」はこの子だと見つけた。シンガプーラの子猫は、一週間前からずっと、「ここから出して」なのか「遊んで」なのか「私を連れていって」なのか、小さな瞳でそんなことを訴え続け、毎日アクリル板に両前足をつけて、こちらを見つめながらぴょんぴょん飛び跳ねていた。

ここでさよならしたら、「ニーナ」という名前もこの子の記憶も、夢のように忘れていくだろう。それは悲しすぎる。ビビッときた「ニーナ」を迎え入れたい。

そう強く思ったらすぐに決断できた。


「がぷさん、お家決まってよかったねぇ。お姉さんが連れていってくれるって」

書類の記入と支払いを済ませると、ペットショップを後にした。

段ボール製の簡易的なケージに入れて電車に乗る。ニーナは空気穴から、興味津々に外の様子をチロチロと覗いていた。

これからニーナとの新しい生活が始まる。

好きなもの。嫌いなもの。

茶トラのミックスオス猫のぷっぷと、ハチワレ白黒オス猫のティコろんはいつも一緒だ。

ぷっぷは大阪のペットショップでなぜか鳥かごに入って売られていた。もう十数年も前の話だ。

ティコろんは前足を怪我《けが》して捨てられていた猫だ。鋭利なもので切りつけられていて、たぶん心無い人間にやられたのだろう。獣医師には、「足の傷が深くて、野良猫としてやっていくのは厳しいですね」と言われ飼ったのだけれど、今では後遺症もなく元気でやっている。こちらも十数年も前の話だ。

ぷっぷが半年だけお兄さん、といってもぷっぷもティコろんも正確な年齢は分からないから推定ではあるが、小さい頃からティコろんの面倒をよく見てくれる。ぷっぷは人間界で言うとサラリーマンのような性格だ。いつも「にゃっ」と飼い主に従順な返事をしてくれて、嫌な顔一つ見せない。

だけど、初めて会う人は苦手なようで、友人を家に呼んだ時、その場では愛想良く「にゃっ」と返事していたのに、友人が帰宅した後に部屋の隅でこっそり吐いているのだ。まさにストレス社会に生きるサラリーマンのようだ。

一方、ティコろんは、これぞ猫、というような性格である。自由気ままに過ごしている。ご飯が欲しい時に猫なで声で甘えてきたかと思うと、眠い時には、プイッとそっぽ向いてひとりで寝る。寂しがりなので目の届くところで寝るけど。ぷっぷにばかりかまっていると、「僕にもかまってよ！」と「にゃーん！」と大きく鳴きながら睨《にら》まれる。基本的にはわがままで、気まぐれで、甘えたで、寂しがりやの猫だ。

そんなふたりはいつも一緒にいる。丸い猫用クッションの上に、寄り添って仲良く寝ている。背中を丸めお互いの頭をお互いのお腹《なか》にうずめるように丸くなって寝るのだ。その姿はまるで中国の陰陽太極図のマークのようである。

ぷっぷの好きなものは、ネズミの形をしたおもちゃだ。おもちゃを揺らしてあげると、目を丸くして、髭《ひげ》まわりをぷっくりと膨らましては、右へ左へとおもちゃを目で追い、ここぞというタイミングで猫パンチを放つ。

ご飯はカリカリが好きで、ご馳走《ちそう》にはマグロやハマチ、スープ系のもの。猫草をガシガシ食べては壮大に吐き、日向《ひなた》ぼっこが好き。

段ボールを噛《か》みちぎるのが好きで、通販で届いた段ボール箱に入っては、ひたすら噛みちぎって、そこらへんにペッと捨てる。ストレス発散でもしているかのよう。

「にゃっ」とか「にゃにゃにゃ」とか「にゃにゃん」とか、とにかく色々と飼い主と話すことができて、本当に人間のような猫だ。

ある日、誰もいないはずの自宅から電話がかかってきたことがあった。電話に出ると、「にゃー」とぷっぷの鳴き声が聞こえたのだ。泥棒にでも入られたのかと、急いで帰ったが、ぷっぷもティコろんもいつも通り仲良く寝ていた。後で自宅に設置していたペットカメラの映像を見てみると、ぷっぷが電話の上に乗り、偶然にもリダイヤル機能で電話をかけていたことが分かった。そのくらい会話ができる猫なのだ。

それから、空気清浄機が好きで、送風口をじっと見ては、クンクンと新鮮な空気の匂いを嗅いでいる。

飼い主がお風呂に入っている時には、お風呂の蓋に乗ってきて、尻尾《しっぽ》だけをお湯につけてゆらゆらと揺らすのも好きだ。

おとなしく優しい猫で、普段、怒ることはほとんどなく、噛むことも引《ひ》っ掻《か》くこともない。ぷっぷが寝ているところに、ティコろんが上から乗ってきたとしても、「グェッ」と小さく叫ぶものの場所を譲ってくれるのだ。

だけどぷっぷは病院が嫌い。病院に行くと「嫌だ嫌だ」とずっと鳴く。その中でも注射は大嫌いで、血液検査の注射をしようものなら、注射器をじっと睨み、針が自分に近づいてくると、「やめろ」と抵抗し、この時ばかりは飼い主や獣医師の腕を本気で噛んでくる。


一方、ティコろんは、人間が食べるものに興味を示し、なんでも食べたがるとてもグルメな子だ。特に鶏肉《とりにく》が大好きだ。

カセットコンロで水炊きをしていた時なんて、鍋の前で鼻をクンクンさせながら、ずっと鍋の中の鶏肉に目が釘付《くぎづ》けになっているのだ。「食べちゃダメだよ」と言えばそれ以上近づくことはないのだけど、その時はちょっと目を離した隙に、鍋に手を入れ鶏肉を取ろうとしたことがあった。鍋の中はそこまで熱くなく、すぐに手を引っ込めたので大事には至らなかったが、「ぎゃっ」と悲鳴をあげてたので相当驚いたのだろう。

それからファーストフードのフライドチキンも大好きだ。

ある日、人間が食べるためにフライドチキンを買ってくると、ティコろんはクンクンとその匂いにすぐに反応しては、「僕のだ！　よこせ！」と言わんばかりに激しく鳴いた。さすがに猫の身体《からだ》に悪いのであげるのは躊躇《ためら》ったのだけれど、あまりにも激しく鳴くので、衣を剥《は》がし、鶏肉部分をほんの一欠片《ひとかけら》あげたら「美味《おい》しい美味しい」と食べていた。

その夜、キッチンでガサゴソ音がするので覗《のぞ》きにいったら、ゴミ箱を倒して、フライドチキンの骨を漁《あさ》ろうとしていたので、すぐに止めた。喉に骨が詰まったら大変なことになるので、以来、フライドチキンを食べた後は、ゴミ袋を二重三重にしてしっかり口を留めることにしている。

ティコろんは、窓の外を見るのが好きで、空や鳥を見て過ごし、眠くなったら丸くなってそこで寝ている。またたびも大好きで、爪研ぎ板にまたたびを振りかけてあげると、ティコろんは爪研ぎ板に身体をぐるぐる擦《こす》り付けてはまたたびを堪能している。一方、ぷっぷはその横でティコろんの邪魔にならないよう控えめにまたたびを舐《な》めている。

ティコろんは嫌いなものがたくさんある。黒いもの、傘、掃除機の音、ドライヤーの音、水がかかること。嫌いなものが目の前に来ると、その対象物をじっと見ては、視線を逸《そ》らすことのないまま、そろりそろりと後退《あとずさ》りをし、最終的には、尻尾をふーっと膨らませて、「シャーッ!」と威嚇する。嫌いなものが近くまで来ているのに気づかなかった時は、嫌いなものを見た瞬間に壮大に縦跳びする。

ひとりでいることも嫌いだ。常に目の届くところにいる。目鼻立ちが整った甘えたの美人猫。

そんなふたりももう十五歳。老猫になってきた。ずっとずっと、長生きして欲しい。

ぷっぷもティコろんも夜、寝る時はいつも布団に潜ってくる。布団の中から、くりくりとした黒くて丸い四つの瞳が飼い主を見つめてくる。頭や顎を撫《な》でてやるとふたりともぐるぐると喉を鳴らす。

ぷっぷとティコろんの好きなもの。飼い主、だといいな。

おやすみ。また明日。

飼い犬に見られる

「よし、ジョン。散歩行くよ」

左肩をくるくる回しながら、ジョンを呼ぶ飼い主の声を聞くと、ジョンはその足に飛びついてきた。おまけに嬉《うれ》しそうに尻尾《しっぽ》まで振っている。

飼い主はここ三年ほど慢性的な肩こりに悩まされていて、病院に行くほどではないが、冷える朝は痛みを感じるのだ。

早朝。外はまだ寒い。ジョンに防寒機能も兼ね備えているリード付きハーネスをつけてやる。そうして外出の準備ができたら、飼い主はジョンと共に外に出た。

散歩は二十分から二十五分。住宅街を十分歩き、折り返し地点で牛乳を買い、また十分かけて自宅に戻る。それだけだ。これが飼い主とジョンの日課である。

ジョンを飼って三年、雨風など天候が悪くない日に限り、飼い主は毎日欠かさず散歩をしている。

散歩の後、飼い主は仕事に出てしまう。日中ひとりで留守番をしているジョンにとって朝に外の空気を吸えることはストレス発散になっていることだろう。

これは飼い主の単純な思い込みではなく、ジョン自身がそう飼い主に伝えているのだ。と言うのも飼い主が朝起きると、ジョンはまず食事を要求する。飼い主はいつものようにジョンに餌をあげ、その後、飼い主は自身の歯磨きや洗顔をしに洗面所に向かう。飼い主が朝の支度をしている間にジョンは食事し終える。そして次に飼い主に要求を伝えるために玄関の扉の前に行くのだ。ジョンはそこにちょこんと座ると、扉に前足をつけては外に出たいことをアピールするのである。

このアピールがあっての散歩なのだ。

外に出ると、決まって通行人の誰かがジョンと飼い主を不思議そうに見る。もう三年も同じコースを毎日歩いているのだから、そろそろ慣れてもらいたいものだ。リードをつけた猫が外にいることに。

それでも初見の通行人には斬新なのだろう。狭い住宅街の散歩コースなのに、まだまだ彼らの存在を知らない人がいるのだ。

見知らぬ通行人の中には、目の前の飼い主とジョンを綺麗《きれい》なほどに二度見して驚いた顔をする人、飼い主とジョンを左右交互に見る人、目を逸《そ》らさずに堂々とガン見してくる人、中には「猫ちゃんなのにお散歩するのねぇ」と上を見ながら声をかけてくるお婆《ばあ》さんもいる。

「猫なのに」という言い方は飼い主は気に入っていない。外に出たい飼い猫だっているのだ。

また、そうやって見てくるのは何も通行人だけではない。散歩中の飼い犬だって、そこらへんの野良猫だってジョンを不思議そうに見上げてくるのだ。だが賢いもので、何度か見るうちに慣れてしまうようだ。

もちろん、顔見知りの「散歩仲間」とは、お互いすれ違いざま笑顔で「おはようございます」とか「今日は冷えますね」とか簡単な挨拶を交わしている。

ジョンは走っている車や自転車を見たり、街路樹を見たり、飛んでいるスズメを見たり、空を見たりしている。動くものに興味があるみたいでバランスをとりながら首が回る限り、その動いているものを目で追うようにじっと見ているのだ。

折り返し地点に来ると、飼い主は牛乳を買う。牛乳宅配センターの店先にある直売の自動販売機だ。そこには瓶や紙パックに入った一八〇ミリリットルから三〇〇ミリリットル程度の様々な牛乳が販売されている。

飼い主はその日の気分で、一つ牛乳を買い、その場で飲むのだ。

今日も自販機の前に立ち、何を買うか選ぶ。ジョンも飼い主と同じように自販機に並べられた商品をじっと見ている。いちごやコーヒーが入った牛乳は与えてもらえない。だけど通常の牛乳だと、ストローの先につけたほんの二、三滴を飼い主の指から与えてもらえる。だから、それが欲しくてジョンも飼い主が選ぶ牛乳をじっと見るわけだ。

陳列されている左上が生乳だ。ジョンはそれを知ってか知らずか、左前足を高く上げ、自販機のガラス面に向けてちょいちょいと空中で前足を泳がしている。

その仕草を見て「飲みたいか」と飼い主はジョンに言うと、物欲しそうにジョンは鳴いた。

「美味《おい》しいか。よかったな」

ジョンは飼い主が指に湿らせた牛乳をチロチロと小さな舌で舐めては、「もっとちょうだい」と懇願するよう目の前の飼い主に向かって小さな黒い瞳で訴えかける。

「ダメダメ。今日はここまで」

飼い主がそう言うと、ジョンは諦めたのか、飼い主から視線を外し自分の前足をペロペロと舐め始めた。

飼い主もその場で牛乳をストローで飲み終え、「よし、帰るか」と帰路につく。

同じ道ではあるが帰路の方がすれ違う通行人の数が多い。時間的にも方向的にも通学や出勤する人と重なるためだ。

そうなると当然、飼い主とジョンを見てくる人も増えるわけだ。

「猫が散歩してる！」、「逃げないの？」なんてことを小学生たちに訊《き》かれる。

ジョンはこれまで一度も散歩中に逃げ出したことはないが、不意に駆け出していく可能性がないわけではないし、駆け出した直後に車にはねられる可能性だってある。

そのようなリスク対策として、飼い主の左手には常にリードが握られジョンが逃げ出さないようにしているし、万が一駆け出したとしてもリードが不必要に伸びないようにしているので、車にはねられたり、飼い主の目の見える範囲から外れて遠くに行ってしまうことはないようにしている。

さらにこの他にも飼い主はジョンを外に連れ出す際に気をつけていることがある。

それは外のものには一切触れさせないということだ。

例えば野良猫やハト、スズメなどの生き物だ。彼らは衛生的によいとは言えず、病気を持っている可能性が高い。彼らが多くいる公園や茂みには近寄らないし、ジョンが飛び移らないように塀の近くからも離れて歩く。

さらに朝のごみ集積所にはネズミやゴキブリ、カラスもいるし、腐った食べ物を食べてしまう恐れもあるので、もちろん近づけさせない。

ジョンは動くものに興味があり、散歩をしている時いつもその場でキョロキョロと周りを見るので、不意に飛び出していかないように注意している。

「ねぇ、触らせてよ」と、一人の小学生が手を伸ばしてきた。

「ごめんね。この子は臆病だから」

そんな言い訳をして飼い主はジョンに触らせないようにしている。

「そっかあ、残念」と小学生が言う。

少し申し訳ない気持ちにもなるが、何か病気でももらったらと、ジョンの健康を考えると致し方ない。

小学生たちがジョンに向かって別れの挨拶をした。

「じゃあね、肩乗り猫さん！」

瞳の先に

カシャ。カシャ。

シャッターを切る音が部屋に響く。連写せず一枚ずつ丁寧に撮影していく。

シエルが驚かないようにシャッター音をオフにすることもできるが、この音が僕には小気味よい。なんていうかフォトグラファーって感じがする。

もちろんシエルが嫌な顔をすればやめるけれど、シエルは窓の縁に座って澄ました顔をして外を見ている。エメラルドグリーンに輝く瞳で何を見ているのだろうか。ビー玉のように艶やかで美しい。

グレーの毛色も、暖かい陽光に当たりシルバーのように輝いていて美しい。シエルはロシアンブルーの猫だ。ロシアンブルーのブルーは毛色のことを指している。ブルー、つまり青色のことなのだが、猫の世界ではグレーのことを指すらしい。なぜグレーのことをブルーと呼ぶのかインターネットでその由来を調べてみたこともあったが、遺伝的な小難しい話が書いてあって、いまいちよく分からなかった。

学生の頃はプロの写真家を目指していた。しかし写真コンテストへ何度応募しても、一度も入選したためしがなく、その道が厳しいことを思い知らされた。だから今は趣味程度に写真撮影を楽しんでいる。

それでも撮った写真をSNSにアップするとそれなりに「いいね」がつくし、コメントをしてくれるフォロワーもいて、自分の撮った写真で誰かが元気になってくれていると思うと嬉《うれ》しくて、趣味で写真を撮り続けている。

また、インターネット上にある画像素材提供サービスにも写真を掲載している。利用者が僕の撮った写真をダウンロードすると、一件あたり数円から数十円の収益を得られるのだ。

このサービスで生活できればありがたいが、残念ながら収益は月に数千円レベルだ。

シエルが子猫だった時に撮った写真は今でも定期的に収益が発生している。子猫の時は目が淡いブルー——この場合は、青——で、その目でカメラを直視しながら、口角を上げて笑っているような表情をした写真だ。

この写真がたまにダウンロード数を増やすことがあって、一桁上の月の収益になることもあるが、それでもやはり小遣い程度である。

だから普通に働いている。本業は会社員で、全国各地を飛び回って事務機器の販売営業をしている。この職に就いてかれこれもう六年目だ。出張中は妻がシエルの面倒を見ている。

山から一望する地方都市、木漏れ日の並木道、澄んだ川に泳ぐ小さな魚たち、温泉街の猫。出張先で撮った風景はどれも絵になる。出張の前後どちらかに休みを重ねて、そのまま温泉や観光地に行き、一眼レフカメラ片手に写真を撮りながら、リフレッシュ休暇を楽しむこともある。

それから休日には妻とカフェ巡りをしながらパフェやケーキといったスイーツの写真を撮るのも楽しい。プリン、アイスクリーム、コーンフレーク、バナナ、そしてチョコレートソースのかかったパフェ。いちご、キウイ、みかん、ベリーなどの艶やかなフルーツがふんだんにのったタルト。真っ白なホイップクリームとクレープ生地が何層にも重なったミルクレープ。どれも細部まで作り込まれていて写真としても撮りがいがあるし、スイーツとしても美味《おい》しい。

スイーツを食べる時、僕は決まってブラックコーヒーを頼む。甘さと苦さのバランスがちょうどいいのだ。

この前も妻と原宿へデートに行き、十代二十代に人気のパンケーキの店に一時間並んで入った。

なかなか一人では入れないような店も妻と一緒ならば入りやすい。


カシャ。カシャ。

F値を2・8まで開放して明るくし、背景をぼかす。露出補正はプラス0・3上げる。

シエルは口角を上げ、微笑《ほほえ》むような表情をしている。その姿はロシアンスマイルと呼ばれている。横顔が美しい。

ファインダーを覗《のぞ》き、シエルの瞳にピントを合わせる。ひまわりの種のように細くなった黒目、濃淡のあるエメラルドグリーンの虹彩《こうさい》、外の景色が映り込むほどクリアな角膜。

シエルはそうして凛々《りり》しい横顔で窓の外を見ている。

残念ながら、窓の外には数十センチ先に隣の家の二階の窓と地味なベージュのモルタル壁があるぐらいで、背景になるような景色は見えない。建物同士の隙間から辛《かろ》うじて見える空からは陽光が降り注いでいる。これが背景全てに青空でも広がっていればさらに絵になるのだけれど。

絵としては見劣りするが、背景がベージュ一色なので、シエルだけを切り抜いて使いたい場合は扱いやすい素材だろう。

シエルの瞳にカメラを寄せる。24ミリの単焦点レンズは被写体の近くに寄れて大きく撮ることができる。

カシャリ。

一枚写真を撮る。

ファインダーから視線を外し、カメラ背面の液晶モニターに撮影した画像を映す。拡大ボタンを押し、瞳の中央を確認するとそこには見たことのない生命の神秘が広がっていた。

フルサイズの解像度はどこまでも小さな世界を映し出しており、虹彩の凹凸や眼球内の血管までもが鮮明に記録されている。それでいてブラックホールのように深く吸い込まれそうな瞳孔と、その周りには銀河のように壮大な深いエメラルドグリーンの色彩が広がっている。

再びカメラを構え、ファインダーを覗く。

シエルは動くことなくじっとして外を見ている。撮影はシエルの真正面からではなく横からのためシエル自身、警戒することなくより自然体を撮ることができている。撮りたい構図をゆっくりと探しながら、ここだと思うところでシャッターを切る。

カシャ。

すると、シエルは突然、窓の縁から飛び降りスタスタと部屋の中を移動していった。

もう少し窓辺での写真を撮りたかったのだけれど、猫は気まぐれだから仕方がない。

シエルを追って部屋を移動すると、シエルは姿見の前の床に寝っ転がっていた。陽光に当たり身体《からだ》が火照《ほて》ったのだろう。シエルはいつもこうして熱を冷ましているのだ。

僕は姿見でふと自分の瞳を見た。さっき見たシエルの透き通った瞳と比べて、少し白く濁っているようにも見える。ひょっとして白内障だろうか。明日病院に行って診てもらおうか。

もうそんなに若くない。だって僕は来年定年を迎えるのだから。

なくしたと思っていた照明のリモコン

「あー、もう。のらったら！　ちょっと！　そこはダメだって言ってるでしょー。もう！」

茶色と黒色のサビ柄子猫、のらは、部屋中を駆け回っている。元気なものだ。

部屋の中は、片付けをしているのか、散らかしているのか分からない状態だ。のらを飼うことになったのだけれど、住んでいるアパートがペット禁止だから、ペットＯＫのマンションに引っ越すことにしたのだ。通常、住処《すみか》を決めてから猫を飼うというのが順序かもしれないけれど、まあ仕方ない。のらがかわいかったのだから。

部屋の広さは今よりも少し狭くなるし、家賃も今よりも高くなるうえ、駐車場代も別で費用が発生するのだ。そのうえ、築年数も今のアパートよりも八年も古い。二〇〇六年のアスベスト規制よりも前に建てられたマンションなのだ。とはいえマンションにアスベストが使われているわけでもないし、そもそも建築基準法上ではもっと前の法改正で建物へのアスベスト吹き付けは規制され始めていたし、そこに関しては特段心配しているわけではないのだけど。

ただ全体的に今のアパートの環境の方が好条件に感じられるので、そこを引き払って引っ越しすることに若干の心残りはある。

その代わりに、堂々とのらを飼えることができるのだから、まあ仕方ない。それに階数が一階から四階になる。これも地味だがありがたい。地方都市で治安がそこまで悪いわけではないけれど、それでもやはり女性の一人暮らしで一階というのは、少なからず抵抗があった。それもあって洗濯物は部屋干ししていたし、掃き出し窓には常に備え付けのシャッタータイプの雨戸を閉めて、部屋の中が見えないようにしていたのだ。

その点、四階であれば、洗濯物もベランダに干せるし、気兼ねなく窓が開けられる。

さすがに今は、引っ越しの片付けで部屋の中が埃《ほこり》っぽいので、何ヶ月かぶりに吐き出し窓の雨戸を開けて、換気しながら作業している。もちろん、のらが脱走しないように網戸は閉めているし、雨戸を開ける時にはのらをケージに入れている。セミの鳴き声と共に夏のもわっとした熱気が外から流れてくる。

のらは数段積み上がった段ボールから他の段ボールへと飛び移ったり、せっかく畳んだ衣服の上に乗っては、走り回って散らかしたりしている。挙げ句の果てにジャンプして飛び乗ろうとした段ボールの天面がまだ閉じられておらず、バランスを崩し着地に失敗して、段ボールを倒し、中身を部屋中にぶち撒《ま》けた。

「のらー！　ちょっと大丈夫？　怪我《けが》してない？」

のらは段ボールを倒して大きな音がした瞬間に、その場所から遠いところに一目散に走っていった。そしてこちらを見つめて首を傾《かし》げながら「ん？　あたし、ずっとここにいたけど、どうしたの？」という顔で、無罪を主張している。

「そんな顔したって、のらがやったの見てたからね」

のらは「にゃーん」と鳴く。まるで「あたし、何もやってませーん」と言っているかのようだ。

倒れた段ボールに近づき散らかったものを見ると、化粧品類が転がっていた。瓶が割れたり、中身が漏れたりしている様子はなかった。周辺に散らばったものを拾い上げ、段ボールの中に戻していく。

今の職場では屋外作業が多く、汗をかくこともあって必要最低限のメイクしかしていない。そのため結構使わなくなった化粧品類が多いのだ。この機会に捨ててしまおうかとも思ったが、ほとんど使っていないのに捨てるのももったいなく、とりあえず段ボールに入れていたのだ。

引っ越し作業を再開すると、のらがまた遊び始めた。

「のら、危ないからこっちおいで」

猫用のおもちゃでのらを誘うけれど、それには見向きもせずに部屋中を駆け回っている。


夕方になり涼しい風が外から入ってきた。朝からずっと片付け作業で疲れてきた。ちょっと休憩しようかな。部屋の中を見渡すと相変わらず散らかってはいるけれど、梱包《こんぽう》できた段ボールもそれなりに増えてきていた。両腕をあげて少し伸びをする。

のらが静かになったので、遊び疲れて寝たのかと思ったがそうではなかった。

開けっぱなしのクローゼット——扉は白い引き戸でクローゼットと言うのに相応《ふさわ》しいが、中は木製の板張り二段構造で押し入れと言った方がしっくりくる——の床をじっと見つめていたのだ。

「のら？　どうしたの？」

話しかけても、のらはこちらを見ずに、じっと一点を見つめている。

「そこに何かあるの？」

のらが見つめている床には色々な物が散らかっていた。ゲーセンで取ったキャラクターのぬいぐるみ、下着、鞄《かばん》、リップクリーム、いつのか分からないのど飴《あめ》、ちょっとだけ入っているペットボトルの水、古いものか新しいものか分からない乾電池、なくしたと思っていた照明のリモコン、ヘアピン、爪切り、ちょっと古い年の雑誌類、何かの充電ケーブル、割り箸などだ。まぁごちゃごちゃしている。引っ越し作業中だし、まあ仕方ないと自分に言い聞かせる。

のらは前足で積み重なっている雑誌の隙間をちょいちょいとし出した。

「え？　なんかいるの？」

のらは雑誌の隙間を熟視しては、また前足でちょいちょいとする。

すると、雑誌の裏側からゴキブリが走り去っていった。のらは突然出てきた動くものに驚いて、その場で縦跳びした。

「ゴキブリ！　のら捕まえて！」

のらはゴキブリが走っていったクローゼットの奥に入っていく。

この家に住んで四年経《た》つが、今までゴキブリなんて見なかった。クローゼットの中に潜んでいたのか、それともここ最近引っ越し準備で掃き出し窓を開けているので、外から入ってきたのか。網戸があるのに入ってこれるのか疑問は残るが。

のらは奥から戻ってくると、こっちを見ながら「にゃーん」と鳴いた。まるで「見つけられませんでしたー」と言っているかのようだ。

特段ゴキブリに対して恐怖心があるわけではない。地方生まれで虫の多いところで育ったことや、職場で害虫を見ることも多いので、ゴキブリの他、カメムシ、カマキリ、セミ、バッタ、ネズミなどには耐性がある。むしろ幽霊のような得体の知れないものの方が怖い。だけど自分の家にいるとなるとやはり多少の嫌悪感はある。早く仕留めてしまいたいと思う。

「のら、一緒にゴキブリ探そ」

クローゼットの床に散らばっているものを、まとめて部屋に移動させる。部屋が余計に散らかってしまうが、まあ仕方ない。

のらは楽しそうに部屋の中をまた駆け回り出した。

クローゼットの下段奥には、衣装ケースがあったのでそれを引き出した。すると衣装ケースの下にゴキブリが隠れていたようで、カサカサと動き出した。

「いた！」

咄嗟《とっさ》に近くにあった雑誌を丸めて仕留めようとする。

ぱんっ！　大きく空振りした。

音にびっくりしたのらが、駆け回るのをやめて、段ボールの陰に隠れてこっちを静かに見ている。

「のら、ゴキブリがいるの！」

ゴキブリはすばしっこくクローゼットのさらに奥に走っていくと、クローゼットの木製の壁の隙間に入っていった。ゴキブリが出入りできそうなくらい壁板が浮いていた。築浅物件なのにこれは、作りが甘いなと思った。

気がつくと、横にのらが来ていて、ゴキブリが入った壁の隙間をじっと見つめていた。

「そこにいるんですかー?」と言っているように壁に向かって「にゃーん」と鳴く。反応がないと、こちらを見て「何も出てきませーん」というような顔をして報告してくれる。

「ゴキブリ、逃しちゃったね」

とりあえずガムテープで侵入経路を塞いだ。さすがにもう出てこないと思うが、引っ越しする来週までの辛抱だ。

「のら、ちょっとケージに入ってて」

外が暗くなってきたので、雨戸と掃き出し窓を閉めることにした。ガラガラと雨戸の閉まる大きな音がする。

のらはケージの中で、「早く出たいでーす」と、こちらを見ながら「にゃーん」と鳴いた。

「のら、おいで」

ケージからのらを出して、ベッドに横になるとのらは胸の位置にちょこんと座り込んできた。頭を軽く撫《な》でてやると、笑うように目を細めては、手に頭を近づけてスリスリと擦《こす》り付けてくる。ゴロゴロと喉も鳴らしている。

のらのその仕草は、引っ越し作業の疲れも忘れてしまうほどかわいかった。

睨み合い

それは突然始まった。

さっきまで仲良く背中を寄せ合って寝ていたのに今は臨戦態勢だ。

「両者睨《にら》み合《あ》いが始まったー」

問六の答えが分からず、ふと顔を上げたところ、飼い猫たちがいつの間にか睨み合っていたのだ。向かいに座っている彩花《あやか》も振り返り、猫たちを見る。

今日は私の家で彩花と二人で数学と英語の勉強会をしていたのだ。私は英語、彩花は数学が得意科目で、それぞれ苦手科目がその逆である。だから、お互い分からない部分を教え合いながら、勉強しようということで、土曜日の午前中から勉強会をしている至って真面目な高校生たちなのだ。ちなみに午後はカラオケに行く予定だ。

「さあ、お互い一歩も譲らないぞー」

私はスポーツ番組の実況風に状況を伝える。

睨み合っているのはミックスのオス六歳「ぽんず」とアメリカン・ショートヘアのオス四歳「メッシュ」だ。

ぽんずがクッションの上で座っていて、メッシュが姿勢を低くしてぽんずを見上げる形で睨み合っている。普段は仲がいいのだが、メッシュが喧嘩《けんか》っ早《ぱや》いところがあって、何か気に食わないことがあると、すぐにぽんずに食ってかかるのだ。

「止めなくていいの？」彩花が心配する。

「いつものことだから大丈夫」

睨み合いといってもぽんずは割と優しい目でメッシュを見つめている。「そんな怒らないでよ。僕、なんかしちゃった？」と優しく諭すような目だ。

一方、メッシュはギラギラとした挑戦的な目つきで、「なんじゃやワレ？　あぁ？　やんのかコラ！」と言いたげに、下から煽《あお》るように睨んでいる。年齢的にも体格的にも、そして上下関係的にもぽんずの方が優勢なのだが、それでもメッシュはぽんずに喧嘩を挑んでいる。メッシュは至って真剣なのだが、その姿がかわいくて見入ってしまう。

「アオーン」と低い声でメッシュが唸《うな》る。ぽんずも「ニャーン」と鳴く。メッシュはさらに「にゃにゃにゃおーん」と繰り返し鳴く。

　メッシュはゆっくりと右手を上げていく。

「おっと、猫パンチか？」

　メッシュの右手がぽんずの鼻の近くまで上がっていく。

「おうおうおう。やんのかワレ。あぁん？　こちとら、いつでも殴れるんだぞ」

　私はメッシュの鳴く声を、言ってそうな言葉に変換して口に出す。

「メッシュくん、口わる！」私の解説に彩花が突っ込む。

　一方、ぽんずもメッシュの右手に近づけるようにゆっくりと手を上げていき、ニャーンと鳴く。

「暴力はやめてよ。よくないよ」今度は彩花がぽんずの言葉を代弁した。

「あぁ？　じゃあなんだこの手は。手ェ、下げろや」

「君が手を出そうとしてるからだよ。一緒に手を下げよう？」

　そして、ぽんずの手がメッシュの手に触れた瞬間、メッシュの猫パンチが炸裂《さくれつ》した。

　それを機にぽんずもメッシュに手を出した。

「始まっちゃったねー」

「止めなくていいの？」

「大丈夫、大丈夫」

メッシュは身体《からだ》を大きく見せようと二足立ちになり、両手をバンザイしながら、ぽんずの頭に向かってペチペチと複数回猫パンチを食らわせる。一方、ぽんずも黙っておらず、メッシュのパンチを防ごうとメッシュの前に手を出す。

「んだてめー。オラオラオラオラー」

「メッシュくん、いい加減やめてよ。もうー」

メッシュは力強い猫パンチをぽんずに浴びせ、そのまま体勢を崩し、ころんと腹を出し寝転んだ。手はバンザイの形になっていて、いつでも攻撃可能な状態だ。般若《はんにゃ》のように瞳孔を丸くして、三日月型に大きく開いた口からは小さな牙があらわになっている。

「シャー」とメッシュは唸り威嚇した。

一方、ぽんずも険しい顔でメッシュを睨んでいる。

「ぽんずくん、怒ってる」

「おい、メッシュ。お前、いい加減にしろよ」

ぽんずは手を出さずに、寝転がっているメッシュを見下ろすようにしてギロリと睨んでいる。メッシュは両手を上げたままじっと動かない。

「メッシュくんの尻尾《しっぽ》、ふーしてる」

メッシュの尻尾は普段の三、四倍もの大きさにモフモフと膨れ上がって、逆立っていた。

「お前が先に手ェ出したんだろが。お前こそやめろや」

「僕は止めようとしただけだよ」

「うるせー。年上だからって舐《な》めてんじゃねーよ」

両者睨み合いをやめない。ぽんずが寝転がっているメッシュの頭に手を乗せようとした。

「あ？　お前。やんのかコラ」

メッシュは寝転んでいた身体をクルリと起こし立ち上がると、ぽんずの首根っこを両手で掴《つか》む。ぽんずは掴まれた手を外そうと、メッシュに猫パンチを食らわせ、反対にメッシュの首根っこを掴んだ。

そのまま二匹とも取っ組み合いながら倒れ込むと、メッシュは頭と両手で、ぽんずの首をしっかりホールドした。そして、そのまま身体を丸くし、両足でギュンギュンギュンとぽんずの顎や手に向かって猫キックを食らわせた。

「くらえ！　ケリケリ攻撃じゃ！」

しかし、ぽんずも黙っていない。身体全体を使って力で、メッシュのホールドを解いて、今度はメッシュの身体を押さえつけ、腹あたりを噛《か》みにかかった。さらに足も噛もうとする。

「ガシガシガシ。カミカミするよ！」

「おい、やめろって。痛いだろ。噛むなよてめー！」

メッシュがぐるりんと身体を回転させては起き上がる。動きが止まり、再び静かに睨み合いが始まった。

「ふたりとも顔が近い」

お互いの鼻がつきそうなぐらいに近づいては睨み合っている。お互い、火花が散っているのが見えそうなバチバチとした目つきだ。

ぽんずがグイグイと顔を近づける。メッシュは次第にその圧に押されて、身体ごと後ろに引いていった。

するとその瞬間、ぽんずが猫パンチを放った。音がするぐらい強い一撃だった。あれは痛かっただろう。

不意打ちにメッシュがよろけた。その瞬間、ぽんずはさっと素早くメッシュから距離を取った。そしてこれ以上敵意がないことを示すかのように、その場でお腹《なか》を床につけて座り込んだ。

メッシュもたじろいだのか、諦めてその場に座ると毛繕いを始めた。

少しして毛繕いの動作をやめると、ぽんずに近づいた。

「まだ喧嘩しそう？」彩花が訊《き》く。

「いや、大丈夫だと思う」

メッシュはぽんずの横にペタンと座ると、ぽんずの横腹をぺろぺろと舐めて毛繕いをした。ぽんずもメッシュの身体を舐めてあげている。

「ごめんな」「痛かった？」そんな感じに見える。

「仲直りしたのかな？」

「まぁ、普段は仲良いからね。この子たち」

「ふたりとも怪我《けが》しなくてよかったね」

「さすがに怪我しそうなぐらい激しい喧嘩になったら止めるよ」

「そうだよね。よかったよかった」

彩花は振り向いていた身体を戻し、テーブルの問題集に目を向けた。

私は目の前の問題集を指差し、彩花に言った。

「さて、私たちも睨み合いしますかね」

「そうね。再開しますか」

「この問題、解けなくてさ。もう少し頑張るけど、分からなかったら教えて」

「おっけい。午後はカラオケね」

「おけ」

ポカ
ポカ
ポカ
フーッ
ケリ
ケリ
ケリ

黒橡色の目

私は小さな頃から〝見える〟体質である。

最初に〝見た〟のは、小学三年生の時だ。学校帰りの交差点。一人で信号待ちをしていると、横断歩道の向かいに背の高い男の人が立っていた。見た目は普通の男の人だったのだけれど、全身に何か黒いもやのようなものが漂っていた。

信号が青になった。嫌な予感はしたのだけれど、この横断歩道を渡らないと家に帰れないので、仕方なく歩き出した。

男の人に近づくにつれて、よく〝見える〟ようになった。

男の人はうっすらと透けていて、黒いもやは細い髪の毛のように、無数の線になっていて、しゅるしゅる、しゅるしゅる、と男の周りを巻き付いたり離れたりして動いていた。

見ちゃいけない。取《と》り憑《つ》かれてしまう。

子供ながらにそう思った。

横断歩道を渡りきる前から、私は走り出し、急いでその場を離れた。男の人がどんな顔をしていたのかは見ていない。

横断歩道が見えなくなるところまで走り、それから後ろを振り返ってみたけれど、男の人はついてきていなかった。

それから次の日も、その次の日も、朝も夜も、雨の日も、男の人は横断歩道に立っていた。しゅるしゅる、しゅるしゅると黒いもやを漂わせて。

友だちについてきてもらって、男の人が見えるか訊《き》いてみたけれど、みんな口を揃《そろ》えて「誰も立っていないし、何も見えない」と言った。

それであの男の人は、生きた人間ではないのだと確信した。それ以来怖くてその横断歩道を避けるように、十五分も遠回りして登下校するようになった。

なぜ私が〝見える〟ようになったのかは分からない。それ以来、視界に、しゅるしゅると黒いもやが見えたら目を背けるようになった。幸い〝見える〟だけであって、取り憑かれることはなかったので、その点は少しだけ安心した。

中学生の時、おばあちゃんの病室で〝見た〟ものはとても怖かった。おばあちゃんは心臓が悪くて入院していた。

お母さんと一緒にお見舞いに行った時だった。おばあちゃんは元気そうで、ベッドの上に座って、私とお母さんと話をしていた。

おばあちゃんの病室は六人部屋で、どのベッドも埋まっていた。

それを〝見た〟のはおばあちゃんの隣のベッドだった。

隣のベッドはカーテンが閉まっていた。ベッドの周りがぐるりとカーテンで覆い隠されていて、だから誰かがそこで寝ていても顔を合わせることはないのだ。

おばあちゃんと話をしている時、視界の一部に黒い影が見えた。

なんだろうと、そのカーテンの方を見ると、カーテンの上部がメッシュ状になっており、そこから黒いもやが見えたのだ。しゅるしゅる、しゅるしゅると、細い髪の毛のようなものが蠢《うごめ》いていた。

ただ、カーテン越しには黒いもやは見えないし、人影も見えなかった。

メッシュ越しにしか黒いもやは見えなかったのだ。そこで視線を外せばよかったものの、私は何を思ったのか、その黒いもやの動きを目で追ってしまったのだ。

そうしたらそこに目が〝見えた〟のだ。闇のように深くて、黒よりももっと黒い瞳が二つ、こちらを見ていた。

それが人間の目だと分かるのに時間がかかってしまい、私はついそれを凝視してしまった。

我に返って、恐怖から目を閉じた。

お母さんもおばあちゃんも、私の突然の行動に驚いて声をかけてくれた。

私は二人に「あそこに何かいる」と伝えると、お母さんは隣のベッドの様子を窺《うかが》い、カーテンを開けた。ベッドは空で、黒いもやもなくなっていた。そこにまたいたらどうしようと不安に思っていたが、何もいなかった。

おばあちゃんはその二ヶ月後に亡くなった。お母さんの実家でお葬式をして火葬場に行った。

家族も親戚も、知らない人も皆、喪服を着ていた。おばあちゃんの病室で〝見た〟目の色と、女の人が着ていた着物の喪服の黒が近い色だった。吸い込まれそうな黒い色。

火葬場には、たくさんの黒いもやがしゅるしゅる、しゅるしゅると動いていた。病院で見つけてしまったあの目が恐怖で、また見てしまったらどうしよう、と、私は怖くて黒いもやを見ないように目を瞑《つぶ》るか、下ばかり見ていた。

それから私は外見も性格も暗くなった。大学生になった今も、それを見ないように、一日のほとんどを下を向いて過ごしているし、極力、外の世界を見ないように、いつもスマホで動画を見て、視界を狭めている。

階段状になった大学の講義室の教壇付近にも、黒いもやに包まれた人影がいるので、その講義はまともに黒板を見ることもできない。

目を合わせないように、下を向き、耳だけで講義内容を聞いている。

少しでも気分を紛らわせようと、お笑いの動画を見ることが多いのだけれど、一人でうつむいて、スマホの画面を食い入るように見て、時折、ボソボソと画面に向かってツッコミを入れたり、クスクスと笑っている姿が、周りから見たら不気味らしく、誰も寄りつかなくなった。

人と話すこともなく友だちもいない。私自身が黒いもやを放っているかのような陰鬱な人間だ。


いつものように人ならざるものと目を合わせないように、下を向いて歩いていると、黒いネコと目が合った。無視すればよかったものを意識して見てしまった。黒いネコは生きたネコではなかった。

ネコの周りには、しゅるしゅる、しゅるしゅると例の細い髪の毛のような黒いもやが渦巻いており、ネコの双眸《そうぼう》は、人間の〝それ〟と同じように、アーモンド状の目の部分全てが黒く塗りつぶされたような瞳になっていた。

その瞳は、光っているようにも見えるし、光を失っているようにも見えた。見ていると全てが吸い込まれていかれそうな黒い色。あの時見た喪服の色と同じ黒橡《くろつるばみ》の目。

ネコは不吉な視線で私をじっと見ていた。そこには何の感情も感じられなかった。


以来、黒いネコはずっと憑いてくるようになった。黒橡の目でじっとこちらを見ながら、私に憑いている。

夜、ベッドに入ると、黒いネコはのそのそと、私の胸の位置まで歩いてくると、そこに座り込み、見下ろすように私をじっと、見てくる。何の感情もなしに、ただただじっと、見てくる。

でも、私を見る視線がネコ一匹増えたところで、どうってことなかった。

ベッドの周りには今まで視線を合わせてしまった無数の人間たちの目が見下ろすように私を見ているのだから。

喪服のような黒橡の目で……。

お尻ふりふり

猫じゃらしのおもちゃを
右へ左へゆらりゆらり
キミはすぐに獲物をロックオン
身を屈《かが》め臨戦態勢でロックオン
クリクリのまあるいおめめを
右へ左へきょろりきょろり
ついでにお尻もふりふり
あっちへふりふり
こっちへきょろり
あっちへふりふり

こっちへきょろり

猫じゃらしのおもちゃを
ピタッとその場で止める
キミはじっと獲物をロックオン
身を屈めたままロックオン
クリクリのまあるいおめめを
一直線にじっとじっと見る
ついでにお尻もピタッと静止
その場でじっと
一直線にじっと
その場でじっと
一直線にじっと

猫じゃらしのおもちゃを
ちょちょいと少しだけ動かすと
キミは発射秒読み段階
床に顔が触れるぐらいに低姿勢で
クリクリのまあるいおめめを
獲物にじっとロックオン
お尻をふりふり
獲物をじっとロックオン
ふりふり
じっと
ふりふり
じっと

タイミングを見計らって
獲物に向かって

猛ダッシュ!!!

ぶっきらぼうな部長に物議を醸す

上司というのはどうしてこうも話が通じないのだ。

「もっとクリックされるバナー作って」

そんなのできていたらとっくにしてるわ。だいたいバナーの設置箇所が悪いのだ。トップページのメインバナーならまだしも、カテゴリページのサイドカラムのしかもスクロールしないと見えないところに設置されていれば、そりゃあクリックされるものもクリックされんわ。しかもバナーサイズも極小。こんなの無理ゲーってもんだよ。

私は上司への不満をぶち撒《ま》けるかのように「たーんっ！」とキーボードを叩《たた》いた。

いけない。悪い癖が出てしまった。

「荒れてるねぇ」

液晶モニター越しに向かいの席から同僚の小西《こにし》くんが声をかけてきた。

「ごめん。うるさくして」液晶モニターの横から少し顔を出し、小西くんに謝る。

「いや、いいよ。俺もそこのバナー位置で、今よりクリック増やすのは難しいって思ってるし」

小西くんは自分の液晶モニターを見て作業しながら話している。

「だよね」

「アナリティクスで各バナーのクリック率を見たんだけど、そこが一番低い」

小西くんはECサイトのアクセス数やクリック率などの数値を分析して改善を図るウェブアナリティクス担当だ。

「今、スラックに過去半年間のバナークリック率の一覧送ったから見てみて」

小西くんとのチャットツールを確認し、送られてきたファイルを開く。

「昨日、部長が俺んとこ来てさ、『バナーのクリック率悪いのどこ?』って聞かれて。で、今送ったのと同じのを送ったんだよ」

ファイルは一覧表になっていて、バナーのタイトル、掲載期間、クリック数、クリック率、クリック先のURL、バナーの設置ページが記載されていて、クリック率が高い順、降順に並べられていた。

リストを下にスクロールしていくと、最下位に、今回部長が修正を指示してきたバナータイトルが記されていた。

「なるほど。このリスト見て修正しろって言ってきたのね」

「そういうこと」

「バナーの設置場所変えたらクリック率上がると思うんだけど」

「俺もそう思う。てか部長にも何回も言ってる。でも設置箇所は変えないんだって。今の設置箇所でクリック率上げたところで、クリック数にしたら、月数十件の増加しか見込めないことになる。同じクリック率でもサイトトップに設置するだけでクリック数は数千件に跳ね上がる。だから――」

「単純にクリック率だけで判断して欲しくないよね」

私は小西くんの言葉を繋《つな》いだ。

「そういうこと」

私や小西くんはずっとこの業界で働いていて、ある程度業界のことを知っている。対して部長は、一年前まで営業畑だった人間だ。前任の部長が退職してしまい、どういうわけか営業畑だった人間がコンテンツ制作部の部長に異動してきたのだ。

フォトショップもイラストレーターも使ったことがないし、ピクセルサイズとかｄｐｉとか、レクタングルとかスカイスクレーパーとか専門用語を言ってもまるで伝わらない。

　しかし、そんな業界知識がないとしても、そもそも閲覧数の少ないページの、クリック数が少ないバナーのクリック率を上げたところで、売上が劇的に改善するわけないことぐらい、少し考えれば分かることだろう。

　それからタスクには優先度があるのだ。クリック率が低いバナーを改善しないといけないのも分かるが、それよりもサイトへの流入数を上げる施策の方が優先度が高いはずだ。

「ほんと。どうして上司ってこうも現場のこと分からないんだろうね」

　前任の部長は専門知識を持ち得ていたので、まだよかった。それでも現場との認識違いで度々衝突していたものだ。

　専門知識もないのに、ぶっきらぼうに要望だけ伝えて「あとよろしく」とするのはいただけない。

「正攻法でやってもそこまでクリック数自体が期待できないし、モチベーション上がらないんだよね」

「分かる」

「かといって手抜きしたいわけじゃないんだよなー」

「真面目だねぇ」

「せっかく作るならちゃんと作りたいじゃん」

そうは言ったもののバナーのアイディアが全く湧かない。バナーの遷移先は、キーボード・マウス特集のページである。

今のバナー画像には、数種類のキーボードとマウスが配置されていて、トンマナは特集ページに合わせており、全体的にホワイトとブルーに統一して、中央には大きく『キーボード・マウス特集』としっかりとしたゴシック体でタイトルがデザインされている。

クリックされやすいバナーねぇ……。

会社員女性の笑っている画像を追加しようかな。私は画像素材サイトで女性の素材を選び始めた。

昔から女性の笑顔をバナーに入れるとクリックされやすくなると言われている。

きれいな女性芸能人が広告塔になっている化粧品やシャンプーのCMをよく見るけれど、あれも同じで、同性から見てきれいな女性は憧れだし、男性から見てもきれいな女性には魅力を感じるので、広告としてきれいな女性は活用されやすい。

さらに笑顔が加わると、より目に留まりやすいことからバナー画像にもきれいな女性の笑顔はよく使われるのだ。

しかし昨今は注意も必要だ。ジェンダーの観点から、表現したい内容に女性は適切なのか、きれいの定義も人それぞれなのに、個人的判断で安易に使用していないか、ということも考えなければならない。

仕事上でキーボードやマウスは性別問わず使うから、女性の画像があっても不自然ではないと感じる。それなら男性も一緒に配置した方がいいか？

私はパソコンを操作しながら、素材を配置していく。

右に男性、左に女性。上下にはキーボードとマウスを配置して、中央には特集タイトル……。んー。ありきたりだなぁ。これじゃあ、クリック率が上がることもないだろう。

赤ちゃんの画像もクリック率が上がる素材として知られている。赤ちゃんの愛くるしい顔に人は惹《ひ》き付《つ》けられるようだ。いわゆるベビーフェイスってやつだ。

画像素材サイトで「赤ちゃん」と検索すると、画面上には様々な赤ちゃんの画像が表示された。笑っているもの、泣いているもの、寝ているものにハイハイしているもの……。しかし、どれにしても『キーボード・マウス特集』からはかけ離れすぎだろう。

今回のバナーは赤ちゃんの画像でクリック率が上がるとは思えない。

確か、女性、赤ちゃんの他にもう一つクリック率を上げる画像があったはずだ。犬猫か。

これら三つで何か呼び名があった気がする。

「女性と赤ちゃんと犬猫の画像を使うとクリック率上がる法則って、なんて言ったっけ？」

小西くんなら知ってそうなので、検索せずに訊《き》いた。

「あぁ。３Ｂの法則？」

「そうそう、それだ。Ｂａｂｙ……あれ？　あとなんだっけ？」

「美人、赤ちゃん、動物の、Ｂｅａｕｔｙ、Ｂａｂｙ、Ｂｅａｓｔの頭文字を取って『３Ｂの法則』。これらの要素を使うと目を引きやすく、好感を持たれやすいっていう広告手法だね」

「解説どうも」

犬猫で合っていた。そうだ。「マウス」と「ネズミ」を掛けて、「猫の手も借りたい」としたら、猫の画像を素材として使っても違和感なさそうだ。

私は早速、画像素材サイトで猫の画像を選び始めた。

「ちなみに。もし女性や赤ちゃん、犬猫の画像使うなら、どアップ正面、カメラ目線の画像がいいと思う」

小西くんがそう助言してくれた。まあ確かに、めっちゃ見ているよ感のある方が、バナーを見る側の視線が留まりそうだ。

「おけ。ありがと」

バナーはかなりシンプルにした。それでいて印象に残るものにした。画像素材サイトで目に留まったロシアンブルーの子猫の画像にした。

淡いブルーの目の色をして、口角を上げて笑っているような姿をしている。その猫のどアップを中央に大きく配置し、左上に小さく「オフィスワークは猫の手も借りたい」とテキストを入れた。それだけである。特集タイトルも商品画像も入れなかった。

シンプルさ故に、まん丸の猫の瞳がよく目立ち、カメラ目線でじっとこちらを見ているのが、何かを訴えかけているように見える。

あなたを見てますよ。ほら気になるでしょ。クリックしてくださいな。見てください。買ってくださいな。ほら、今見ましたよね。

「おぉ。なかなか大胆だね。いいんじゃないかな」

小西くんに見せたら、好感触だった。

普段とは違う大胆なデザイン。これでクリック率が上がって欲しい。

透明な世界

今日から中学生。初めての通学路。学校の帰り道。私は猫を拾った。

入学式をして、教室に戻って、先生とクラスのみんなと自己紹介をして、教科書をもらって、午前中には学校が終わって、お母さんと一緒に家に帰っていた時、道の真ん中で倒れている猫がいたのだ。

初めは死んでいるのかと思った。だって猫の周りには赤い血が広がっていたし、猫も動かなかったから。

反射的に目を背けた。おめでたい日に嫌なものを見てしまったなあ、って思ってしまった。それに怖かったから。だけどもし、まだ生きていたら見捨てることになっちゃうんじゃないかと思った。それでもう一度だけ見てみることにした。

すると猫のお腹《なか》が上下に動いているのが分かった。呼吸が荒かった。

「お母さん、大変！　猫が交通事故に遭ってる！」

私が猫に近寄ろうとするけれど車がやってくる。

車は猫を轢《ひ》きそうになって、ギリギリのところで避《よ》けて通過していった。このままでは本当に轢かれて殺されてしまう。

そんなに交通量の多い通りではないので、車が来なくなった隙に、お母さんと猫のもとに行った。

まだ小さい子猫だった。その子猫をそばで見て驚いた。両目が白く濁っていたのだ。怖くて直視できなかった。目が見えていないのかもしれない。

とりあえずここにいては私たちも車に轢かれてしまうので、猫をゆっくりと歩道へ運んだ。

お母さんが近くの動物病院の場所を調べてくれた。ここから歩いて五分のところにあるらしい。近くてよかった。

怪我《けが》している子猫を極力動かさないようにゆっくりと運んだ。

動物病院ではすでに先客の犬や猫が待っていた。私は今まで金魚ぐらいしか飼ったことがなかったので、初めての動物病院だった。犬がこっちを見て吠《ほ》えてきて怖かった。

受付のお姉さんに猫を見せて事情を話すと、奥から獣医師さんがやってきた。メガネをかけた髪がボサボサの男の人だった。

獣医師さんはその場で子猫を診ると「急いで診察室に」と、待合の人たちよりも先に診てもらえることになった。

獣医師さんの話によると、下顎と後ろ足を骨折していて、お腹からは内臓が飛び出していたみたい。

怖くて、診察台に横たわっている子猫を見ることができず、獣医師さんの話だけを聞いていた。

獣医師さんは難しい言葉を使って怪我した箇所を説明していたのだけど、後で私にも分かるように分かりやすい言葉に言い直してくれた。

ひとまず応急処置はその場でしてくれたのだけれど、お腹の損傷が激しいらしく、ちゃんと手術しないと長くは持たないそうで、その場で安楽死を勧められた。

それから、目が白く濁っているのは、細菌による感染症になっているようで、不衛生な手で目を擦《こす》ったことが原因のようである。両目とも角膜が傷ついていて、すでに失明しているか、じきに失明してしまう可能性があるそうだった。

子猫の身体中《からだじゅう》からは、フンのようなくさい臭いがした。ノミやダニもたくさんいて、とても劣悪な環境にいたようである。

獣医師さんの推測では、食事もろくにできず、目が見えにくい、もしくは見えない状態でふらふらと道路を歩いていた時に轢かれたのではないかとのことだった。

子猫を助けるには手術や入院、薬といった費用がかかるそうだ。手術しても助からないかもしれない、と獣医師さんは言っていて、「お母さんどうしますか」と訊いていた。

助けてほしい。だけど提示された費用がどのくらい高いのか分からなくて何も言えなかった。

私はおろし立ての中学校の制服を見た。左袖と左脇のところに血と汚れがついていた。

気がつくと私は泣いていた。動物病院に連れてきても何もできず、弱っている子猫の顔すら見ることができなかった。

ここから逃げ出したかった。お金が必要だなんて思ってもみなかった。ただ、助けたいって思っただけなのに。

目の前の命を見捨てるようなことをしたくなかった。

お母さんは私の背中をトントンと撫《な》でて「手術してもらおう」と言ってくれた。

子猫を獣医師さんに預け、待合室に戻って待つことになった。受付のお姉さんが、待合室で吠えていた犬の名前を呼んだ。「こちらへどうぞ」ともう一つの診察室へと案内されていた。どうやら受付のお姉さんも獣医師さんだったようだ。

飼い主と共に何組かの犬や猫が診察室に入っては出てを繰り返したけれど、子猫が手術している方の診察室のドアは一向に開かなかった。

二時間近く経《た》ってようやく、くしゃくしゃ頭の獣医師さんが扉を開けて「終わりましたよ」と顔を出した。

手術により子猫は一命を取り留めた。しばらく入院して回復を待つことになった。

頭部分は、顔全体に包帯を巻かれ、身体を舐《な》めないようにエリザベスカラーもつけられていた。

それから、お腹と後ろ足にも包帯を巻かれていて、前足には点滴の管が刺さっていた。

ここに運んだ時よりも毛並みが整っていた。だけど、目は相変わらず白く濁っていた。失明はしていないようだけど、視力が回復するかどうかは分からないそうだ。

視界が遮られているせいか、音に敏感になっていた。

私たちにできることは何もなく、今日のところは帰ることにした。

家に帰ると、お母さんが学校に電話してくれて、明日はジャージで行くことになった。血のついた制服はクリーニングに出すことになった。

翌日、制服を着ていない私は、クラスですぐに話題になった。怪我をした猫の話をすると、みんな驚いていた。昨日あった出来事を詳しく話すと、私の周りにたくさんのクラスメイトが集まってきて、すぐに友だちができた。

学校が終わると、すぐに動物病院に向かった。子猫は昨日より元気になっていて、ケージの中を左右に歩き回っていた。だけど、後ろ足を引きずるように歩いていて、痛々しかった。

それから目の濁りも取れてなくて、それどころか目の周りに目ヤニがたくさんついていた。本当に良くなるのか心配だった。

それから二日後の土曜日、子猫は動物病院を退院することになった。

子猫のお腹は毛が剃《そ》られていて縫った痕が痛々しく残っていた。頭と足の包帯もそのままで、エリザベスカラーもつけたままだったけれど、体力は回復しており、あとは薬と自然治癒で治していくことになった。目には一日二回、目薬を差すことになった。

お母さんとお父さんに相談して、この子猫を飼うことにした。学校に行っている間はお母さんに世話してもらうことになるけど、それ以外はちゃんと育てることで承諾してもらった。

未来に向かって歩んでほしい。そう思って子猫には「あゆむ」という名前をつけた。

あゆむを抱きかかえ、目薬を差す。目薬が目に触れると、あゆむは痛そうにビクンと身体を反応させ、腕の外に抜け出そうとする。力が強くて腕を引《ひ》っ掻《か》かれてしまった。

一人では目薬を差すのも大変で、お母さんがサポートしてくれた。私があゆむを抱き、お母さんがあゆむの顔を動かないように固定してくれた。そうしてもう片方の目に一滴、目薬を垂らした。

あゆむは逃げ出せず、目をしばたたかせながら、小さく「にゃぁーん」と鳴いた。

「痛いだろうけど頑張って治していこう」とあゆむに言った。

両目とも瞳孔が分からないほどに白く濁っていたあゆむの目は、数日かけて次第に濁りが薄くなってきた。

それからさらに数ヶ月。動物病院に行っては検査してもらい、家に帰っては薬をあげて、を繰り返した。

後ろ足の包帯は取れ、お腹は縫合痕が目立たなくなり、毛が生え始め、頭部の包帯もエリザベスカラーも取れた。

あの日、安楽死を提案された子猫は、今では元気に部屋の中を駆け回っている。

あゆむは、透明に輝く瞳の中に世界を映し、私を見ては「にゃあーん」と元気に鳴いた。

私のしごと

「がぷさん、お家決まってよかったねぇ。お姉さんが連れていってくれるって」

お客様が必要書類の記入を終え会計を済ませたら、シンガプーラを引き渡した。

「がぷさん、元気でね」二階の階段前でお客様とシンガプーラの入った段ボールに向かって手を振った。

シンガプーラの入っていたケージに、「新しい家族が決まりました」と書かれた札を貼った。閉店後にはケージを掃除して、また新しい猫を仕入れなければ。

犬猫が好きな私にとって、ペットショップ店員の仕事はとてもやりがいがあり、毎日充実している。子供の頃から動物と関わる仕事がしたく、専門学校で愛玩動物飼養管理士の資格も取得し、ペットショップ店員になった。

ペットショップ店員になるために特段資格は必要ないのだけれど、動物の習性を理解し、より適切な環境を提供できるように知識を持っていた方が良いと考え、資格を取得したのだ。

資格取得の甲斐《かい》あって、普段の業務にもその知識を活《い》かすことができている。

しかしどんなに好きな仕事だとしても、資格取得して知識を得ていたとしても、経験して初めて分かったキツい業務や働く前から感じていた業界に対する風当たりの強さを実際に働いてみて実感したことで、悩みも尽きない。

キツい業務というのは、私の場合、ほぼワンオペで全ての業務をこなさなければならないことだ。

一階が犬フロア、二階が猫フロアになっているのだけれど、小さなペットショップで二階フロアの業務全般を、私一人で行っているのだ。

主な業務は、猫の給餌、給水、排泄《はいせつ》処理、ブラッシングや爪切り、体調管理に、ケージの掃除、温度管理、皿やおもちゃの洗浄、消毒、販売接客に、ペット用品の品出し、陳列、店頭ＰＯＰの作成、会計処理、ＳＮＳによる発信などなど、あげたらキリがない。それを毎日ほぼ一人でこなす必要があるのだ。

お客様対応をしながら、十二頭の猫たちに異常がないかも同時に気にかけておかなければならない。

犬フロアは扱う頭数も多く、また総合窓口が一階であることからも、担当スタッフが常時三人もついている。それに比べ猫フロアは常時いるのは私のみであり、その処遇に対して店長に相談したこともあったが、真剣に取り合ってくれなかった。むしろ資格持ちの私に対して「安心して猫フロアを任せられる」と半ばやりがい搾取のような言葉を言われたのだ。

ペットショップの人手不足は、何も私の働いている店だけでなく割と業界全体の問題である。

肉体労働や日々のこなす業務量が多い割に給料が安いことに加え、生体販売をしているペットショップであれば休日や年末年始関係なく、生体管理が必要になってくる。

そのことからアルバイトも長続きせず、入れ替わりが激しい。常時人手不足であり残業も多い。あまり大きな声では言えないが、私の会社はサービス残業になっているのが実情だ。

人手不足により生体管理が疎《おろそ》かにならないように、数年前に動物愛護法が改正された。動物の飼養や保管に従事する従事者一人当たりに対する頭数上限が定められたのだ。

その頭数は犬と猫でそれぞれ数が決まっており、また年々、段階的に強化されている。現在では猫の場合、一人当たり三十頭が管理頭数の上限となっている。

私の勤めるペットショップの猫は、バックヤードにいる猫を含めても最大で十五頭までとなっており、管理頭数から見ると半数ではあるが、それでも他の業務も全てワンオペとなるとかなりキツい。

ただ、この普段の業務のキツさはなんとか耐えることができている。それは楽しいことも多いからだ。

例えば、食事の時間。私がバックヤードに入り食事の準備をすると、猫たちはそれが自分たちのものだとすぐに分かるようで、一斉に「ちょうだい、ちょうだい」と鳴き出す。ケージを開けてご飯を置く時には、目を輝かせて「待ってました」と言わんばかりに、ガツガツと食べる。その姿がとてもかわいらしくて、この仕事をしていてよかったと思える一つだ。

それから営業時間終了後に、入り口を閉めてから猫たちをケージの外に出す。一日中狭いケージの中だとストレスが溜《た》まってしまうので、フロア内で自由に遊ばせるのだ。自由に走り回る子もいれば、私が猫用のおもちゃで遊ばせる子もいる。蝶々《ちょうちょう》のようにふわふわとおもちゃを揺らすと、猫たちは姿勢を低くし、お尻をふりふりしながら、丸く輝いたふたつの瞳でそのおもちゃをロックオンする。左に揺らすと、みんな左に向き、右に揺らすと、みんな一斉に右を向く。そのうちの一頭が、ぴょんと飛び出し、おもちゃめがけて駆けてくる。おもちゃを掴《つか》むすんでのところで、ひょいとおもちゃを動かすと、標的を見失った猫は、どこだどこだと周りを探し出す。そしてまた今度は別の猫が、おもちゃに向かってジャンプする。

そんな愛くるしい姿を見ると、一日の疲れが一瞬で吹き飛ぶのだ。

それからもちろん、お客様と動物たちの出会いを繋《つな》げることにもやりがいがあり楽しい。

先ほどシンガプーラを購入したお客様なんて、毎日のように店に来てはシンガプーラのケージの前に立って購入を検討してくれたし、シンガプーラの方もお客様の顔を覚えたのか、他のお客様が見ている時よりも、ずっと嬉《うれ》しそうな目をして、お客様を見つめながらぴょんぴょんと飛び跳ねていた。

そんなお客様と動物を引き合わせることができた時、本当にこの仕事をして良かったと思えるのだ。

だけど、昨今はそのペットショップでの生体販売自体が、世間では風当たりが強い。

ペットショップでは犬猫が商品という「物」としての扱いであったり、一日中狭いケージの中にいること、常に人目に晒《さら》されている状態、営利目的による過剰な繁殖実態、杜撰《ずさん》な飼育、お迎えがないまま行き場のなくなった子たちの存在、さらには手軽に購入できるために、動物を飼うという知識が浅いままに衝動買いして、無責任な飼育、しまいには飼育放棄する問題もあり、動物愛護の観点、倫理、道徳的な視点から、生体販売についてはそのあり方に疑問の声が上がっている。

イギリスでは、生後六ヶ月未満の犬猫をペットショップで販売するのが禁止になり、アメリカの一部州やフランスでも販売規制が進んでいるのだ。

私自身、目の前の子たちが不幸になるのは見たくない。殺処分や飼育放棄のことを考えると、生体販売の必要性には疑問を感じている。ただ、働いている身として、必ずしもそうだとも言えず、非常に悩ましい。

きれいごとのように聞こえるかもしれないけれど、物として扱われるのではなく、同じ命あるものとして見ていきたい。

だから私は、トリマーの資格を取って、販売だけじゃなく動物たちの美容や健康をサポートできるようになりたいと思って日々頑張っている。

ケージを開けると、猫たちが宝石のような眼《め》を爛々《らんらん》と輝かせて、「ちょうだいちょうだい」と鳴いた。

全人類[redacted]監視化計画

西暦二〇二二年六月。

「改正動物愛護管理法」が施行され、販売される犬や猫へのマイクロチップの装着および登録が義務づけられた。ブリーダーやペットショップなどは、犬や猫を販売する前にマイクロチップの装着・登録をすることが義務づけられ、犬や猫を購入した飼い主は、所有者の情報を自らのものに変更する必要がある。

また動物愛護団体や知人などから犬猫を譲り受けた場合にも、装着・登録を行うことが推奨されている。

マイクロチップとは、直径１・４ミリメートル、長さ８・２ミリメートル程度の円筒形で、外側には生体適合ガラスやポリマーを使用した小さな電子標識器具であり、チップの中にはＩＳＯ規格の十五桁の個体識別番号が記録されている。

このマイクロチップは専用インジェクターを使い、皮下——犬猫の場合は、首の後ろ——に埋め込むことで装着が完了する。

災害や盗難、不注意による脱走などの事故により所有者と離れてしまった犬猫が保護された場合、保護施設が専用リーダーでマイクロチップの個体識別番号を読み取り、指定登録機関のデータベースの情報と照合することで、所有者に連絡することができる仕組みになっている。

なお、登録されている情報は、マイクロチップの個体識別番号を始め、マイクロチップの装着日、装着施設、装着施設の住所、電話番号、獣医師の氏名、所有者氏名、所有者の住所、電話番号、メールアドレス、動物の名前、犬猫区分、品種、毛色、生年月日、性別などの他、動物取扱業者関連情報も含めて五十五項目に上る。

さらに、マイクロチップはGPSのように自ら電波を発信することはなく、専用リーダーの電波に反応して個体識別番号を送り返すことができるため、電源を必要とせず、一度装着すれば、一生交換する必要がない。

それから十七年後。テクノロジーの飛躍的進化と情報管理社会の発展において、GPS機能付きマイクロチップの装着・登録が義務づけられた。

　基本的な機能は従来のマイクロチップと同様ではあるが、ＧＰＳ機能がついたことで、犬猫が所有者と離れてしまった場合に、保護施設が保護しなくても、所有者自身が生体照会データベースにアクセスし、ＧＰＳ機能を使ってどこにいるのかが、リアルタイムで分かるようになった。

　ＧＰＳ機能付きのマイクロチップは生体の筋肉組織からの微弱発電を利用して、電波を発信しているため、一度装着すれば、交換不要である。

　この法律施行が決定された時に、反対運動が起きた。常時、電波が発信されているようなものを犬猫に装着して健康被害はないのか、といったことや、ＧＰＳによるプライバシーの侵害ではないかといったことが挙げられた。

　また条文内容が改正前は「動物」や「犬猫等」と表記していたものが、「生体」と表記されたことから、ゆくゆくは人間にもマイクロチップを埋め込み全ての行動を監視するのではないかという噂《うわさ》も出ている。実際に日本国でも犯罪者の監視システムにＧＰＳ装着制度を取り入れたこともあり、裏組織による『全人類マイクロチップ監視化計画』が囁《ささや》かれている。

　また生体へのＧＰＳ機能付きのマイクロチップ装着の動きは、日本国だけではなく、世界中で義務化の動きが加速しており、それに伴い、宇宙空間にはＧＰＳ測定衛星の数も増えていた。

この一連の流れからさらに『全人類マイクロチップ監視化計画』が始まっていると、人々は噂している……。


「こちら宇宙中継センター。通信を許可する。どうぞ」

「GPSにより監視が強化されているせいで、行動範囲が狭まっている」

「承知している。君はいつもの定期報告をしてくれ。どうぞ」

「了解。今日は特段目立った行動はなかった。私にご飯を与えてくれ、私と一緒にじゃれあい、私と一緒に布団に入り寝た。以上だ」

「了解。引き続き、監視と活動を続けてくれ。どうぞ」

「了解。一つ質問がある」

「許可する。どうぞ」

「我々にはGPSが埋め込まれてしまったが、今後の行動に影響はないのか？」

「問題ない。GPSが装着されていたとしても、我々の活動に影響はない。地球の自然体系の報告は野良猫たちにさせている。君を含む室内猫は引き続き、人間の監視と癒やしに努めよ。どうぞ」

「了解」

「よし。引き続き『全人類にゃんこ癒やし監視化計画』続行せよ。どうぞ」

「了解」

今日も飼い猫たちは微動だにせずに、ただただじーっ……と、飼い主を見ている。

リリーの喉に

朝起きたら喉に違和感があった。しかも熱っぽさもある。確かに昨日の夜、少しだけ頭が火照《ほて》っているような感覚があったのだ。それで疲れていると思い早めに寝たのだが、回復するどころか悪化してしまったようだ。

体温計どこだったかな？

身体《からだ》を起こすと、隣で寝ている彼女が目を覚ました。

「あれ？　アラームなった？」彼女が聞いてくる。

「いや、まだ」僕は自分の発した声に驚いた。

「風邪？　声かれてるね」彼女も気づいたようだ。

「そうかも。熱測ってくる」

ベッドから降り立ち上がると、ふらつきを感じた。結構、熱がありそうだ。

彼女の足元で寝ていた猫のリリーも起き上がりついてきた。

リビングの棚にある引き出しを漁《あさ》り、体温計を探す。確かここだったはず。

リリーは僕の両足の間を八の字に歩いては、スリスリと身体を足に擦《こす》り付けてくる。

ようやく体温計を見つけ熱を測る。立っているのが辛《つら》く、床に座ると、リリーが太ももの上に乗ってきては、潤んだ瞳で僕を見ると、小さく「にゃーん」と鳴いた。朝ごはんを要求しているのだろう。いつも朝起きたタイミングで、あげているから。

この後あげようと考えていると、ピピピと体温計がなった。体温計を取り出し、表示部分を見た。

「38・6℃」

高熱すぎる表示に何かの間違いではないかと思い、もう一度測った。しかし二回目も同じ結果が表示された。

「熱、ありそ？」彼女がリビングにやってきた。

僕は頷《うなず》いた。

「何度だったの？」

彼女が僕に近づいてくると、リリーは僕の太ももから勢いよく飛び降り、彼女の方に走っていった。

「はいはい。ご飯ね」

彼女はリリーのお皿にキャットフードを入れた。

「38・6」

「え、大丈夫？」

彼女は僕の顔色を窺《うかが》う。

「なんとか」

「仕事、休むよね？」

僕は頷く。

「私も休もうか？」

「大丈夫。病院行って診てもらうよ」

リリーはご飯を食べ終え、前足や全身を舐《な》めて毛繕いを始めている。

「無理しないでね」彼女は心配そうな顔をしている。

「ありがとう。職場に連絡して、病院に予約入れたらしばらく寝るよ」

僕は寝室に戻った。

再び起きた時には、彼女は仕事に出かけた後だった。メッセージアプリには心配する内容が数件受信されていた。

寝室に持ってきた体温計で再び体温を測ったが、大きな変化はなかった。

病院に行くために支度する。身体が重い。

リリーは窓辺で朝日に当たりながら気持ちよさそうに寝ていた。

喉の痛みは相変わらずあるし、全身が熱くふらつきもある。その一方で、咳《せき》や鼻水といった症状は今のところ出ていない。吐き気や下痢の症状もなかった。

外に出て少し歩くと目眩《めまい》がした。通勤通学する人たちがスタスタと自分を追い越していく。陽《ひ》の光が眩《まぶ》しい。行き交う車の音が大きく聞こえて頭に響く。

病院までの徒歩十二分がこんなに長いものかと感じた。

ようやく病院に着き、少し待たされた後に診察を受けた。感染症の疑いも調べられたが、結果は新型コロナウイルスやインフルエンザなどではなく、ただの風邪とのことだった。疲れが溜《た》まっていたのかもしれない。しっかり休養を取れば、二、三日で快復するだろう。

医者から解熱剤などの処方箋を出してもらったので、近くの調剤薬局で薬をもらった。薬局の待合室で、彼女に診断結果をメッセージアプリで伝えた。

彼女からはすぐに「今日はゆっくり休んでね」と返事が来た。

それからドラッグストアにも寄って、冷却シートやスポーツドリンク、ゼリータイプの栄養補助食品を買い込んだ。高熱で力が出ないのか荷物が重く、行きよりもゆっくりと歩きながら帰った。家に帰った頃には、すでに昼近くになっていた。症状も悪化している気がするので、そのまま寝室に入り、熱を測った。

体温計は38・7℃と表示していた。本当にただの風邪なのだろうか。体温計を見ると余計に身体がしんどく感じる。

処方された薬を飲んで横になろう。食欲はあまりないが、薬を飲むために何か胃に入れなければならない。

フラフラした身体でキッチンに行き、冷蔵庫を開けた。卵、チーズ、鶏ひき肉、梅干し、納豆、豆腐、めかぶ、各調味料と牛乳やビールなどの飲み物。野菜室には、ミニトマト、青梗菜《ちんげんさい》、レタス、玉ねぎ、キャベツ。

食材は豊富だが、さすがに何か作る気にはなれない。

冷凍庫にある冷凍パスタやチャーハンは味が濃そうだし、アイスを食べる気分でもない。棚にあったカップラーメンも同様だ。

ドラッグストアに行った時に、レトルトのお粥《かゆ》でも買っておけばよかった。そこまで頭が回らなかった。

また外に出て最寄りのコンビニに行く気もしないし、スマホアプリのデリバリーサービスで注文して商品が届くのを待つのもしたくない。できれば薬を飲んですぐに寝てしまいたい。

　リリーがキッチンにやってきて、ちょこんと座って僕を見ている。遊んで欲しそうな顔をしている。残念ながら今日は遊べそうにない。

　何か食べなければ。僕は仕方なく、そのまま食べられるチーズ、ミニトマト、めかぶを手に取り、ダイニングテーブルに持っていった。リリーも僕と一緒にダイニングテーブルの前までついてくる。

　それからさっき買ってきたビタミンの入ったゼリーと処方薬を取りに、寝室に戻る。リリーもトコトコとついてくる。

「リリー、今日は遊べないんだ。ごめんよ」掠《かす》れた声でそう話すと、リリーは「にゃーん」と鳴いた。

　またリリーと一緒にリビングに戻り、僕は軽く食事を済ませた。薬を飲み再び寝室に向かう。寝室はカーテンが閉まっていて薄暗い。リリーも一緒に寝室の前までついてきたが、僕の様子が普段と違うことを感じ取っているのか、それ以上部屋には入らずに、前足を揃《そろ》えてちょこんと座ってじっとこちらを見ていた。

　ごめんね。何もしてあげられなくて。ちょっと休みたいから。また快復したら遊ぼうね。

そう心の中でリリーに言った。

ベッド横に置いたペットボトルの蓋をあけ、スポーツドリンクを飲む。

それから、額と首筋に冷却シートを貼って横になった。


熱にうなされしばらく寝付けなかったが、いつの間にか溶けるように寝ていた。

何か黒い影が延々と追いかけてくるような悪夢を見ていた。やがて僕は転んでしまい、その影に捕まってしまった。影は足元からどんどんと僕を飲み込んでいく。

重い。とても重い。影は上半身までやってくると、悪魔のような姿になり、大きな口で全てを飲み込もうとした。

存在が消されてしまう。その瞬間。僕は目を覚ました。

目の前には、僕の胸の上で香箱座りをして、喉をぐるぐると鳴らしているリリーの姿があった。僕と目が合う。リリーは嬉《うれ》しくなったのか、ぐるぐるの音が大きくなる。目を合わせたまま、ぐるぐる、ぐるぐる言っている。

なんだリリーだったのか。やけにリアルな重さを感じたわけだ。うなされた原因が分かってホッとした。と同時に身体中が汗でぐっしょり濡《ぬ》れているのが分かった。

体勢を整えようと身体を動かすと、リリーは僕の上から落ちないように、座り直そうとする。

「リリー、ちょっと重いんだ。ごめんね」

リリーはそれでも上に乗ってこようとするので、一度、身体を起こした。汗で冷えたのか悪寒がする。

目を覚ましたついでに、時刻と体温が知りたかった。スマホを見ると、十六時半過ぎだった。だいぶ寝ていたようだ。続いて体温を測ると37・6℃まで下がっていた。解熱剤が効いたのかもしれない。スポーツドリンクを飲み、水分補給する。

そして再び横になった。リリーはさすがに今度は胸の上には乗ってこようとはしなかったが、僕の顔の真横にくると、そこにそっと香箱座りをして、黒く丸くした両目で僕を静かに見ていた。

普段と違う様子に、リリーなりに心配してくれているのかもしれない。

リリー、また元気になったら遊ぼうね。

リリーがそばにいてくれることで不安な気持ちがいくらか穏やかになる。

ぐるぐると喉を鳴らしている音を聞きながら、僕は再び眠りについた。

タペタムのペンダント

「遅くなる」

「はい」

そんな短い文面のやり取りが続いているだけでもまだいいのだろうか。

私はスマホを鞄《かばん》へとしまった。今日はクリスマス。今日ぐらい早く帰ってきてくれてもいいのに。

結婚生活四年目、同棲《どうせい》時代からカウントすると六年目ともなるとそんなものなのだろうか。

行き交うカップルはみな幸せそうな笑顔でクリスマスの夜を歩いていた。ブランドものの紙袋を持っている男性もいれば、有名な洋菓子店の紙袋を持っている女性もいた。

街路樹に装飾されたＬＥＤのイルミネーションが彼らをより幸せそうに照らす。

職場から家への帰路にこの繁華街を通らなければならないことに悔いた。

彼の言う「遅くなる」は日が変わる間近のことを指していた。イブの夜も彼は同じ言葉を言って帰ってこなかった。

仕事が立て込んでいるのだ。このところ。この数ヶ月。いや、かれこれもう一年ぐらいそんな感じだった。

上司と部下が立て続けに辞めたらしく、彼がその業務を一手に引き受けざるを得なかった。

分かっている。分かっているんだ。だけど今日ぐらいは。

百貨店に出入りする客たちを縫うように避《よ》けながら歩道を歩く。昔、彼と二人でここの百貨店に来て、彼は私にアクセサリーを買ってくれたっけ。

仕事が忙しい彼を疑っているわけではないけれど、一人で考えていると不安な気持ちが溢《あふ》れてくる。本人に直接聞いてみたいけれど、自分が傷ついてしまわないかそれも不安だった。

だからこそ今日だけは一緒に夜を過ごしたかった。不安を埋めて欲しかった。

クリスマスなんて嫌いだ。煌《きら》びやかな大通りを一人歩いて駅まで向かうのが苦痛で、路地裏から街を抜けることにした。

街の眩《まぶ》しい喧騒《けんそう》が一気に静かになる。平常運転の昔ながら居酒屋が軒を連ねており、一人で飲んでいる人もいれば、カップルもいたが、なぜかこっちの通りの方が居心地がよかった。

路地裏を歩いていると「カッツェ雑貨店」という看板を掲げた見慣れない店を見つけた。明治や大正を思わせる古い店構えで、アンティークな丸い電球が店名を静かに照らしていた。

古いものが好きなわけでも、雑貨が好きなわけでもないのだけれど、なぜか吸い込まれるように店先に足が向いた。

木製の、緑色の縁取りがされたガラス戸を引き店内に入る。

上《あ》がり框《かまち》になっている奥の部屋から「いらっしゃい」と嗄《か》れた男性の声が聞こえた。部屋が暗くて声の主の姿は見えなかった。部屋の手前には、白いネコが座布団の上で丸くなって寝ていた。

店内は、八畳ほどの小さな売り場で、私以外にお客さんはいなかった。

木製の棚やテーブルの上に商品が並んでいる。がま口の財布、栞《しおり》、ガラスペン、砂時計、手帳、鞄、ハンドタオルなどだ。ネコの柄が描かれているものが多かった。世の中はクリスマスだというのに、クリスマスらしい飾り付けも商品も一切なかった。まるで昔からずっとそうであったかのように、古そうな時計の秒針だけが静かに時を数えていた。

小さなアクセサリーコーナーには指輪やピアス、ペンダントが並んでいて、私はそのうちの一つを手に取った。

大きな丸い石のついたペンダントだった。石はガラスのように透明な部分と、その奥に碧《あお》く輝く石の二層に分かれていた。店内の暖色の光に照らされて、石はキラキラと輝いていた。反射板のような不思議な輝き方をしていてきれいだった。

ペンダントには「タペタムのペンダント」という商品名とともにそう高くはない金額が記載された値札がついていた。

このくらいなら。今日はクリスマス。自分自身にプレゼントしよう。

「すみません」私は店主を呼ぶと、店主は私の持っていたペンダントの値段を告げて「お金は白ネコの前に」と言った。

ラッピングも紙袋も専用のアクセサリーケースもなく、ペンダントそのものだけを持って店を出た。

キラキラと輝く石は路地裏の少しの光に反射して光っていた。私はペンダントを身につけた。コート類を着ているから身につけていても周りからは見えない。誰かに見せたいわけじゃないからそれでいいのだ。私だけのプレゼント。タペタムのペンダント。

クリスマスの夜から普通の日に変わろうとする頃、彼は家に帰ってきた。

私はいつの間にかベッドでうとうとと寝てしまっていたようだった。カーテンの隙間から月明かりが寝室を照らしていた。

彼が寝室の扉を開けると、廊下の明かりが一気に寝室を明るくする。

「遅くなってごめんね」彼がベッドに座る。

「大丈夫。気にしないで。遅くまでお疲れ様」

ふと、彼の視線が私の胸元のペンダントに移った。月明かりに反射して輝いている。

——何これ。こんなペンダント俺知らない。誰かにもらったのか？

「あ、これ？　自分で買ったんだ。きれいでしょ」

——こんな高そうなもの、自分で買うか？

「安かったんだよ。なんかね知らない店があって……」

そこまで言ってようやく気がついた。彼の心の声がダイレクトに私の頭の中で聞こえるのだ。そんなことあるだろうか。

——なんで黙るんだ。まさか男にでも会ってたのか。

「なっ……」

私は自分が疑われていることをすぐにでも否定したかった。だけど続け様に彼の声が頭に入ってきた。

――しかもよりにもよってペンダントかよ。ペンダント欲しいって前に言ってたもんな。だからか。俺への当てつけか？　自分で買ったにしても、わざわざ俺が見えるところでするとか当てつけだろ。俺が遅くまで帰らないことを、そうやって無言でアピールしてくんのかよ。

ひどい。なんでそうなるの。聞きたくない言葉が頭に入ってくる。でもそれが彼の本心かと思うと、怖くて何も言えなかった。

――なんで黙ってんだよ……。まさか本当に男でもいるのか……？　違う。全部俺が悪いんだ。分かってるよ、んなこと。俺が毎晩遅いし、疑われてるんだろ。しかもイブもクリスマスもだ。今日は早く帰れると思ったんだけどな。仕事だって言ったって信じてもらえないよな。こんなに遅くなるなんて。悪いと思ってる。ごめんな。いつも。だけど言えないそんなこと。

気がついたら私は泣いていた。彼の言葉を信じたかった。だけど不安が募っていた。強がっていたけど、やっぱりさみしかったんだ。聞きたくない彼の心の声も、聞いてはいけない彼の心の声も聞いてしまった。そうしたら涙が止まらなくなった。

「ご、ごめん……」

彼はそう言うと私を抱きしめた。お互いを信じるって大変だと、思った。

――そうだ。ペンダント渡そう。

彼は「ちょっと待って」と言い、寝室を出るときれいなラッピングが施された箱を持って戻ってきた。

「本当は昨日のうちに渡したかったんだけど、はい。これプレゼント」

包装を丁寧に外し、箱を開けると、一粒の輝く石のついたペンダントが入っていた。それはタペタムのペンダントよりもずっと小さく、だけどずっと大きく輝いていた。

「遅くなってごめん。メリークリスマス」

「ありがと」

私も彼に用意していたプレゼントを渡した。


心の声が聞こえるのはどうやら彼だけだった。それもあの夜のひと時だけだったので、もしかしたらただの私の妄想だったのかもしれないと今では思う。「タペタムのペンダント」とインターネットで検索してみたが、何も引っかからなかった。代わりに「タペタム」という言葉は引っかかった。タペタムとは、猫などの動物の目にある反射板のことらしい。暗闇の中でも目に入った少しの光を増幅させて辺りを見えるようにしているらしい。

ひょっとしたらこのペンダントは暗闇にいた私に光を照らしてくれたのかもしれない。

でも、もう大丈夫。彼からもらったペンダントがあるから。彼からもらったペンダントが胸元でキラキラと光っている。

せっかく買ったタペタムのペンダントは、使わずにしまっておくことにした。

もしまた不安になって光が見えなくなったら、またペンダントをつけてみようと思う。

猫だけが見ていた

部屋の隅で黒猫が怪訝《けげん》そうにこちらを見ている。黄金色の虹彩《こうさい》だけが光っているように見えて不気味さを感じる。

コイツはきっとその双目で犯人の姿を見ているのだろうな、と思う。お前が話してくれれば事件はこの場で解決するんだけどな。

通報があって駆けつけた一軒家の二階で血を流して倒れていたのは家主であり、四人家族の父親だった。救急隊が来なくても彼の死は明らかだった。頭部に打撲痕が見受けられるほか、目、鼻、口といったパーツが分からないぐらい顔面を叩《たた》かれていたのだ。被害者が倒れていた場所の近くの床に血痕のついたかなづちがあった。これが凶器であることは間違いないだろう。

現場は特に密室というわけでもなく、玄関や部屋の扉には鍵がかかっていなかったし、部屋の窓も開けられていた。犯人は窓から逃走した可能性もある。雨樋《あまどい》用のパイプを伝って、あるいは隣接するアパートの壁を利用すれば、この高さなら難なく下に降りられる。

事件は日曜日の昼下がりに発生した。第一発見者は被害者の妻であった。買い物から帰ってきたところ、玄関が無施錠になっており、不審に思い、すぐに家の中を確認したところ、二階の部屋で夫が倒れていたのだという。

警察と消防への連絡が入り、当該地域を担当している自分がまず現場に駆けつけた。状況からすぐに無線で本部とやり取りし、通信指令に従い、臨場する機動捜査隊の到着まで現場の現状維持と、第一発見者の気持ちを落ち着かせることに努めた。

機動捜査隊が来てからは、周辺への聞き込みが始まり、鑑識や捜査一課も加わり、本格的な初動捜査が始まった。

その頃には、外に出ていた家族たちも家に集められていた。

第一発見者の被害者の妻、高校二年生の息子、大学一年生の娘、さらに、同居している母親方の両親二人の合計五人だ。それと飼い猫の黒猫。名前は「文吉《ぶんきち》」というらしい。

文吉はおとなしい猫で、大勢の捜査員たちが家に入ってきても、動じることもなく、リビングの隅でこちらを深く静観していた。

事件発生時、家にいたのは、被害者と犯人、それからこの文吉だ。

外部の犯行も考えられるが、現段階では不審者の目撃情報は上がっていない。犯人はおそらく家族の中の誰かであると踏んでいる。

一番怪しいのは高校二年生の息子だ。外見的特徴で判断してはよくないのだが、ヤンキーのような見た目で、金に染めたツーブロックの髪に、口と耳にはピアス、くちゃくちゃとガムを噛《か》んでいて、捜査員とまともに会話しないのだ。家に戻ってきただけでも評価できるような人物だ。しかし彼にはアリバイがあるようで、犯行推定時刻には、友人と駅前のゲームセンターにいたらしい。捜査員がゲームセンターの防犯カメラの映像を照会してもらっているので、じきにアリバイは成立するだろう。

怪しいと言えば、妻の母親、つまり姑《しゅうとめ》もだ。娘からの情報によると、日頃から被害者と口論が絶えなかったようで、昨夜《ゆうべ》も風呂掃除の仕方について三十分近く口論していたようだ。

彼女は犯行推定時刻、自宅から徒歩五分の場所にある公園にいたという。

駅前のゲームセンターにいた息子、商店街へ買い物に行っていた妻、それから囲碁クラブに行っていた妻の父親、そして自転車で大学に向かう途中だった娘の、五人の中で一番犯行現場に近いのが姑である。

徒歩五分圏内の道路には防犯カメラも数個しかなく、うまく避けて通ればカメラに映らずに家に戻ってくることも可能なはずだ。ただ問題は、彼女は腕が細く、被害者の顔の原形が分からなくなるぐらいまでの力を持っているとは思えないところだ。

そしてもう一人。大学生の娘も怪しい。姑と被害者が不仲だったことを捜査員に話した際に、「姉貴もだろ」とこれまで黙っていた息子が口出ししたのだった。その時「うるさい。あんたは黙ってて」と妙に焦った様子で弟を制していた。

また彼女にはアリバイがない。大学までの道路に設置されている防犯カメラの映像を解析すればアリバイは証明されるだろうが、現時点ではその材料がないのである。

容疑者は限られているし、時間をかければいずれ解決する事件だと思っている。

ただ、早めに解決できるのであればそれに越したことはない。何か決定的な証拠が出てくるか、犯人が自供してくれればいいのだが。

死人に口なし。文吉にも口なし。文吉が話してくれたら事件は即、解決するだろう。犯行現場を見ていないとしても、犯行時刻に誰が出入りしていたかは分かっているはずだ。

文吉はおとなしく黙ってこちらをじっと見ている。

周辺の聞き込みをしていた捜査員が戻ってきて、何やら騒がしくなった。

捜査員が捜査一課の刑事と話している。程なくして刑事が話し始めた。

どうやら周辺の聞き込みで有力な情報を得たそうだ。情報というより、犯行現場が偶然にも映っていたようだ。

刑事は家族の前で一言二言話をすると、娘が観念したかのように自供した。母親は泣き崩れ、息子は「ほらな」と吐き捨てどこかに行き、祖父母は「うそよ、連れていかないで」と捜査員に懇願している。文吉はその様子をじっと見ていた。


後に知ったことだが、隣接するアパートの二階に住む住人が、犯行現場となった二階の窓を背景に、猫の写真を撮っていたそうだ。

写真を見せてもらったところ、残念ながら構図の問題で直接犯人の姿は映っていなかったのだが、猫の瞳を拡大していくと、エメラルドグリーンのきれいな瞳の虹彩にちょうど被害者である父親と犯人の娘の姿が映り込んでいたのだった。

父親は娘から逃げようと窓を開けたところが、ちょうど隣人の猫の瞳に映っていたというわけだ。隣接するアパートまでの距離が数十センチしかなかったことや、窓を開けたことにより猫の瞳に映りやすくなったことが重なり、証拠としても十分なものとなった。

犯人逮捕に繋《つな》がったその写真は一枚のみに記録されていた。アパートの住人によるとその写真を撮った後、猫は窓の縁から降りてしまったようで、住人も写真を撮るのをやめたのだという。
犯行現場はやはり猫だけが見ていたようだった。

猫をじっと見る

ねこ
ねこ
ねこ
ねこ
ねこ
ねこ
ねこねこねこねこねこねこねこねこねこねこねこねこねこぬこねこねこねこねこねこねこ
ねこ
ねこ
ねこ

ねこねこねこねこぬこねこねこねこねこねこねこねこねこねこねこねこねこねこねこねこ
ねこ
ねこ

ネコ
ネコ
ネコネコネコネコネコネコネコネコネコネコネコネコネコネコネコネロネコネコネコネコ
ネコ
ネコ
ネコ
ネコ
ネコ
ネロネコネコネコネコネコネコネコネコネコネコネコネコネコネコネコネコネコネコネコ
ネコ
ネコ

ネコ
ネコ

猫猫
猫猫
猫猫
猫猫
猫猫
猫猫
猫猫
猫猫猫猫猫猫猫猫猫猫猫猫猫猫描猫猫猫猫猫猫猫猫猫猫猫猫猫猫猫猫猫猫猫猫猫猫猫猫猫
猫猫
猫猫
猫猫
猫猫猫猫猫猫猫猫猫猫猫猫描猫猫猫猫猫猫猫猫猫猫猫猫猫猫猫猫猫猫猫猫猫猫猫猫猫猫猫

じ……
何見てんのよ
NEKO

染み

今、この家で一番明るいのはお風呂場だ。備え付けの照明が、脱衣所に二つ（メインのライトと鏡の前に一つの合計二個）とお風呂場一つの合計三つだ。洗面所のライト以外は暖色の照明で柔らかい印象を受ける。隅から隅まで明かりが行き届いていて、闇がないのが落ち着く。

部屋の照明を取り付けるまでしばらくお風呂場で過ごそうかな、と思うぐらいだ。というのも引っ越したはいいものの、前のアパートから照明器具を持ってくるのを忘れてしまい、部屋の照明がないのだ。台所と廊下の備え付けの照明と外からの夜灯《あか》りでなんとか、部屋が真っ暗になるのは防いでいるから問題ないけれど、それでも例えば本の文字を読める明るさかと言われると、そこまでは全くない。つまり厚生労働省が定める一般的な事務作業ができる照度基準の三〇〇ルクス以下の明るさなのだ。

日中は自然光が入り問題なかったけれど、日が落ちると暗すぎて全く片付け作業が進まない。作業が進まないだけならまだしも、明かりが行き届いていないところに闇があるのが怖くて仕方ない。

ついさっきもちょっと怖いことがあった。今日の昼過ぎにアパートからの引っ越し作業が終わり、段ボールの開梱《かいこん》作業を進めていた。

まずは猫用品をまとめて入れた段ボールから開けてケージやご飯置き場などを設置した。中に入っていたボール状のおもちゃのポンポンを投げると、子猫ののらは、それを追って楽しそうに駆け回っていた。物がなくて広いので走りやすそうだった。それから部屋のカーテンをつけようと、カーテンを入れた段ボールを探したが、一番最後に片付けたので、一番最初に部屋に搬入されたようで、重なった段ボールを片付けないと取り出せそうになかったので諦めた。

ここはマンションの四階で、目の前は樹木、下には国道が走っているだけなので、まあ一日二日なくても困らないだろうと思い、そのまま開梱作業を続けていたのだ。

気がつくと、部屋がだいぶ暗くなっていた。メインの照明がなく、台所と廊下の明かりを頼りにしているのだから、まあ仕方ない。

さっきまで遊んでいたのらが、壁の方をじっと見ているのに気づいた。しかも何かを追うようにゆっくりと視線を動かしたり、時には素早く視線を動かしたりしているのだ。

「のら、何してるの？」

のらに近づき、壁を見る。しかしそこには何もない。前の家でのらはゴキブリを見つけていたが、そのような虫の類いはいなく、真っ白な壁だった。といっても辺りが暗いのでグレーがかった壁に見えるが。

のらを見ると、目は瞳孔が大きく開いていて、壁の見えざる何かを逃すまいと少し前のめりの臨戦態勢をとって、興奮状態なのか低い声で唸《うな》り声《ごえ》も上げていた。

「のら、何見てるの？　どうしたの？」

のらはそうして何もない壁をじっと睨《にら》むように見ているのだった。

事故物件だったらどうしよう。この部屋で誰かが殺害されていたら、と頭を過《よぎ》った。

猫は幽霊が見えると聞く。のらが見ているのは、この部屋で亡くなって成仏できない地縛霊なのではないかと思った。そんなはずはないと自分に言い聞かす。

だって、そういった類いが苦手であるから、引っ越す時にあらかじめ不動産屋で告知事項のない物件を選んだのだ。事故から三年以上経過していたら告知義務がなくなることから、インターネットの事故物件まとめサイトでも事故や事件が起きていないか確認したのだ。住む部屋はもちろんマンション自体およびその周辺では事故や事件が確認されなかったからここに決めたのである。

のらは壁を睨んでいた。霊媒師を呼んで除霊してもらおうかとさえ思っていた。

恐る恐る壁に近寄ってみると、小さな光が壁づたいに動いているのが確認できた。心霊写真で見る光の玉のようなものだった。のらはそれを目で追いかけているようだ。いよいよホンモノかと思った。

のらの唸り声も止まらない。やはりここで誰かが死んだのだ。助けを求めて彷徨《さまよ》っているに違いない。


だが気づいてしまった。その光の玉が動くたびに、外から車の走行音が聞こえてくることに。冷静になって再び光の玉を見ると、車の走行音に連動するかのように、壁を左から右に動いていたのだった。

小さい光だったので、目を凝らさないと分からなかった。

「なんだあ。のら、ただの車の影だよ。怖くないよ」

のらも正体が分かったのか、唸るのをやめて「あたし、別に怖がってませーん」とでも言うように、すました顔でこちらを見た。

正体が分かってしまえば怖くないが、さっきまではもう引っ越ししてしまおうかと考えたのだった。

一安心したタイミングで、「お風呂が沸きました」という自動音声が流れたので、脱衣所に向かった。

照明の明るさが本当に落ち着く。脱衣所で衣服を脱ぎ、お風呂場に入った。

身体《からだ》を洗い、次に髪を洗おうとシャワーの前に立った時、見つけてしまった。鏡の隙間に謎の染みがあったのだ。

お風呂掃除する時にシャワーを使ったが、その時は気がつかなかった。五〇〇円玉ほどの大きさで、色は血のように赤黒い色をして、形は歪《いびつ》で目と口のようなものが確認できる。髪の長い女が不気味に笑っているように見えた。

ここが事故物件ではないことは確認しているから、これはただの染みだろうと思うことにした。築年数だって前のアパートよりも古く、築二十年も経《た》っていれば染みの一つや二つできるだろう。まあ仕方ない。お風呂場が明るいので少し楽観して考えられる。

しかし目を瞑《つぶ》って視界が奪われた状態で髪を洗っていると、その謎の染みの目のようなものからの視線を感じた。シャワーのお湯が身体に当たっているのに鳥肌が立った。

悲しき末路の霊がその染みからぬるりと浮き出ては、背後に回り込む。全裸で無防備なのをいいことに、ソレは全身にまとわりつこうとしてくる。確かに背後から視線を感じる。

取《と》り憑《つ》こうと様子を窺《うかが》っている。見られている。じっと見ている。

そんなこと絶対にないと自分に言い聞かせながら、急いで髪についた泡を洗い流す。視線をずっと感じる。見ている。確かにこちらを見ている。

ようやく目が開けられるようになり、お風呂場の明かりが目に入ってくる。正面を見ると、謎の染みは変化なくそこにあった。

しかし、視線は背後からずっと感じているのだ。意を決して振り向くと、すりガラス越しに黒い影が動いていた。顔の形がはっきりと分かるほどにベッタリと顔をつけている。

「のら？」

のらは「入れてくださーい」とでも言うように「にゃーん」と鳴いた。すりガラスを開けてやると、トコトコと中に入ってきて周りを見る。例の染みも見たが、特段反応することもなく、お風呂の蓋の上にジャンプした。

前のアパートでものらはこうして蓋の上に乗ってきては、一緒にお風呂を楽しんでいた。

猫は幽霊が見えると聞く。その猫が反応しなかったのだから、本当にただの染みなのだろう。安心した。

「のらも一緒に入ろ」

のらは蓋の上で毛繕いを始めた。湯船に浸《つ》かりながら、のらのその姿を見ていると、とてもリラックスできて、安らかな気持ちが心に染み込んできた。

孤独のワンルーム

「さあ、ルージュ、歩いてごらん」

男はそう言うと、抱きかかえていた犬ほどある大きさの猫を部屋の床へと降ろした。

猫は家具も家電もない部屋をそろりそろりと好奇心の赴くままに歩いている。

部屋のシーリングライトはすでに取り外されており、頼りになる灯りは玄関にある備え付けの小さな照明だけだ。

深夜二時。都内のワンルームマンションの一室。現在空き家となっているその場所に、男二人と猫一匹がいる。

猫は部屋を一巡すると男のもとに戻り、床にペタンと座り込んだ。

「うむ。ここにはいない」猫を連れてきた長身の男が言う。

霧島《きりしま》玲二《れいじ》。一八〇センチはあろう長身で、顎のラインが細く整っており、丸メガネをかけたキツネ目の端整な顔立ちだ。髪は艶やかな黒のストレートロングで、後ろ髪を軽く束ねている。黒Tシャツにジャケット姿だ。

飼い猫の名前はルージュ。メス猫。ノルウェージャン・フォレストという五十センチはあろう大型猫だ。毛色はお腹《なか》周りから顔にかけては白で、頭から背中にかけては、二種類の濃淡のある茶色をしている。非常にフサフサとした毛並みをした長毛種である。飼い主と揃《そろ》いも揃って長毛なのだ。端麗な顔立ちで、暗がりの中、黒く丸くなった大きな瞳で、フサフサの尻尾《しっぽ》を振りながら玲二をじっと見ている。

「霧島さん、現場、こっち……です」

スーツ姿の童顔男が洗面所へと通じる扉を指差して言った。真壁麻弥《まかべまや》。二十四歳。零細企業の新人社員だ。

「ルージュ、こっちにおいで」玲二が優しく語りかける。

ルージュはスッと起き上がり、玲二の近くに寄ってきた。玲二が木製の扉を開け中に入ると、その後ろから身長一六〇センチちょっとの麻弥が玲二の背中に隠れるようにしてついてきた。

そこには小さな洗面所とその横に洗濯機置き場、それから左右に扉があった。

「げ、げ、現場のお風呂場は、右手側の扉です」

麻弥の声はすでに震えている。

玲二は壁についている風呂場の照明のスイッチを押した。すりガラス風の樹脂製の扉の奥が暖色に灯《とも》る。

「高齢者の事故死だそうです。お、お風呂場で足を、す、す、す、滑らせたそうで……」

玲二はカチャリと扉を開けた。

「ヒィィ……っ！」

麻弥は思わず玲二のジャケットにしがみつく。

「ほう。あそこにシミがあるな」

麻弥の掴《つか》む手がより一層強くなる。

ここの状況について事前に麻弥を通じて一通り資料を得ていた。

その資料によると、住人は十五年前に妻に先立たれた身寄りのない八十代の単身男性だ。心身ともに健康で介護施設や病院に入ることなくずいぶん前からここで一人暮らしをしていたそうだ。

しかし、一人で暮らしていた影響もあってか普段から外部とのコミュニケーションが極端に少なく、彼を知るものはほとんどいなかった。

ある日、マンション内の複数の住人が「異臭がする」と騒ぎ出し、その異臭が彼の部屋だとアテがつき、管理人がマスターキーで入ったところ、風呂場の洗い場に彼がうつ伏せで倒れているのを発見したそうだ。

すぐさま警察へ通報し現場検証が行われた。状況から事件性はなく、風呂場で足を滑らせたことにより頭部打撲、そのまま死に至ったという判断がされた。

発見時にはすでに死後一ヶ月は経過していたことと、夏場で湿度の高い環境だったことから、腐敗による死臭がかなりあったようだ。

現場検証後に特殊清掃業者が入り、クリーニングは済んでいる。

しかし、洗い場の床には不自然な茶褐色のシミがなくもない。

「き、き、霧島さん、早く終わらせて、ここから、で、で、で、出ましょうよ！」

「そう怖がるな。怖がるとキミに憑《つ》くぞ」

「ヒィィィ！」

玲二はニヤリと軽く笑うと、「さあ、ルージュ、どうだい？」とルージュに優しく訊《き》いた。

ルージュはゆっくりと扉の段差をまたいで、風呂場へと入っていった。

フサフサの尻尾をピンと立て、ゆらりゆらりと左右に揺らしている。同時に風呂場内を見渡している。

そして、天井の、ある一点をじっと見つめ始めた。そこは何もないただの天井だ。

ルージュは天井に向かって低い声で「にゃあ」と鳴いた。

「やはり、いるな」

「で、で、でしょうね！　だから僕たちが呼ばれたんですから。は、早く終わらせてください よ！」

「あんまり騒ぐと、憑かれるぞ」

「だって、怖いんですって」

麻弥は玲二とルージュが見ている天井、それから床のシミも見ないように目をぎゅっと瞑《つぶ》っている。


そこには老人が浮かぶように立っていた。服を着た身体《からだ》は半透明に透けていて、老人越しに風呂場の壁が見えている。怪我《けが》のような外傷もなく、ただ虚《うつ》ろな目でぼんやりと空間を見ていた。

ルージュはその老人の姿をじっと見ている。ルージュは睨《にら》んでいるわけでも、怒っているわけでもない。悲しんでいるわけでもなく、まして嬉《うれ》しいわけでもない。

ただただ、目に映るその存在を、鳴いて玲二に知らせているのだ。

「頼んでおいたものを出してくれ」

玲二は右の手のひらを、背中にしがみついている麻弥に向けた。

「は、はい！」

麻弥はスーツの胸ポケットから急いで一枚の写真を取り出し、玲二に手渡した。

写真を見つめる玲二。そこには夫婦と思《おぼ》しき若い男女が笑顔で写っていた。

「うむ……。幸せそうな笑顔だ」

この老人の最近の行動や趣味、生活リズムなどは、遺体発見後に、麻弥が周辺住人に聞き込みをして調査済みだった。マンションの廊下で挨拶程度の会話をするという住人に、時たま先だった伴侶のことを懐かしむように話していたことがあったという。

身寄りがなかったことから遺体発見直後にはすぐに連絡が取れる親族がいなかった。しかし管理会社経由でようやく遠方に住む遠い親戚と連絡が取れ、そこで特殊清掃及び遺品整理が業者に依頼されたのだが、その時に麻弥の会社にも声がかかった。

遠方で現場には来られない親戚からは「遺品は全て処分して構わない」と言われており、麻弥は業者が破棄している遺品の中からいくつか玲二が指定したものを選び出していた。

麻弥が前に部屋を訪れた時、すでに部屋の遺品整理が始まっており、あらかた処分されていたのだが、それでも生活の痕跡が残っており、居たたまれない気持ちになった。

玲二は、前屈するように高身長な身体を曲げて、洗い場の床、ルージュの前に写真をスッと置いた。

するとし天井を仰ぎ見ていたルージュの視線が徐々に写真の方へと移っていった。そして、玲二に知らせるように低い声で「にゃあ」と鳴いた。


「どど、どうなりました？」麻弥が玲二の陰から風呂場を覗く。

「写真を見てるだろうな」

玲二はルージュが見ているその先の何もない空間を見ながら言った。

「じゃあ、もう終わります？」

「まだだ。静かに」

麻弥が黙り込む。深夜二時過ぎ。本来の静寂が風呂場に訪れた。

ルージュはフサフサの尻尾をピンと立たせ、ゆらりゆらりと左右に揺らしながら、じっと写真の先を見ている。

玲二もルージュの見ている先を見る。

麻弥はというと、玲二の背中に隠れてガクガクと震えている。

そのままどれくらい経《た》っただろうか。五分前後はそうしていたであろう。

写真をじっと見ていたルージュが、風呂場の周りを見渡し、「にゃあああ」と長く鳴いた。それからゆらりゆらりと揺らしていた尻尾を降ろした。

ルージュはくるりと向きを変え、玲二の横に来ると、高身長の玲二を見上げるように見て低い声で「にゃあ」と鳴き、ペタンとその場に座り込んだ。

玲二はしゃがみ、ルージュの頭を撫《な》でてやる。

「よくやりましたね。ありがとう」と優しい声で語りかけた。

ルージュもそれに応えるように喉をぐるぐると鳴らし始めた。

「除霊、完了だ」

丸メガネの位置を人差し指で直しながら、玲二はそう言った。そして、手を伸ばして洗い場にある写真を回収し、背後でうずくまっている麻弥へ差し出した。

「大丈夫だ。もうここにはなにもいない」

「ほ、本当ですか……」

「あぁ」

「よかったぁ……」麻弥はホッとしたのかその場に座り込んだ。

不慮の事故の場合、生前にやり残したことがあったり、誰かに言い残したことがあったりすると、その場に霊が残りやすい。

その最期の遺志を叶《かな》えてあげることによって、霊を浄化に導くことができるのである。そして彼の場合は、すでに他界した最愛の伴侶の顔を見せてあげることだった。

「ほら、写真」

玲二は立ち上がり、麻弥に写真を渡すと、艶のある長い髪を掻《か》き上《あ》げて、軽く小さなため息を吐《つ》いた。

「帰る」

玲二は一言だけ言うと、「ルージュ、おいで。帰るよ」と語りかけ、さっさと洗面所から出ていった。

「ちょ、ちょっと！　霧島さん！　置いてかないでくださいよ！」

麻弥が慌てて立ち上がり、玲二の後を追った。

玲二はすでに玄関で靴を履き、ルージュを抱きかかえていた。

「早いですよー、霧島さん！」

「置いてくぞ」

玲二は扉を開けて外に出る。

麻弥は戸締まりの確認と照明を消すと、遅れて外に出た。

玲二が自宅に帰ったのは四時過ぎだった。

ルージュを床に降ろし、キャットフードをお皿に入れてやる。

「今日はお疲れ様。さぁお食べ」

必要最低限の家具家電だけが置かれた洗練された部屋。

カウンター式のキッチン横にあるメタリックな色をした中型の冷蔵庫を開ける。正面のものが庫内照明に照らされた。規則正しく並べられたそれの中から一つを手に取った。

さらにキッチンの引き出しを開け、中からカチャリと小さなスプーンを手に取る。

玲二はそのままリビングに向かい、二人掛けソファに横になるように座った。

持ってきたものの上部の蓋を開ける。艶のある黄金色の表面が見えた。弾力もそれなりにありそうだ。

玲二はスプーンを入れ、一口それを食べた。

「あぁ。美味《おい》しい」

玲二の口の中で甘く溶けていく。大好物の固めのプリンである。

ルージュがやってきてソファの上にジャンプして、玲二のお腹《なか》に乗ると、ペタンと座った。

黒のTシャツにはルージュの長毛が無数についている。

プリンを食べ終わると、ガラス製のローテーブルの上にスプーンと容器、それから掛けていた丸メガネも外して置いた。

「少し寝ようか」

ルージュは玲二のお腹の上で丸くなって、とろんとした目で玲二を見つめている。

「おやすみ、ルージュ」


霧島玲二。そしてルージュ。

彼らは心理的瑕疵《かし》物件に取り憑いた霊を祓《はら》い、除霊済み物件として不動産会社へ引き渡すことを生業《なりわい》としている。

玲二はローテーブルにあるリモコンで部屋の照明を消す。カーテンの隙間から明かりが漏れていた。もうすぐ夜明けが近い。

玲二とルージュは仲良く、束《つか》の間《ま》の眠りについた。

店先で

その猫はじっと外を見ている。

いつも店先でじっと見ている。

視線を逸《そ》らすことなく、毎日じっと外を見ているのだ。


創業五十年の小さな団子屋の店先で、三毛柄のその猫は、いつも猫専用の赤い座布団に座り、静かにじっと店の外を見ていた。

お店のショーケースには出来上がったばかりのお団子が並べられている。

みたらし、あんこ、黒胡麻《くろごま》、きなこ、胡桃《くるみ》、よもぎ、醤油《しょうゆ》、ずんだ、白味噌《しろみそ》。種類も豊富にある。

団子だけでなく、揚げ饅頭《まんじゅう》やおかきも並べられている。

この店は団子も美味《うま》いが、揚げ饅頭も格別に美味く人気商品なのだ。表面はサクッとした生地で、中にはしっとりしたあんこと胡桃の食感が楽しめる。

店先の通りを歩いていた若い女性が立ち止まって、団子屋の看板を見ている。

ふと店の中からの猫の視線に気づいた。女性は猫を見る。猫は視線を外さずにじっと正面を見る。猫は絵に描いたような真っ黒な目でじっと見ている。

さらに女性は店内の様子を眺めた。そして猫の視線に吸い寄せられるように……、というわけではなく、むしろ団子のビジュアルと匂いに誘われて店内へと入っていった。

色とりどり宝石のように艶々と輝いている団子を女性は眺めた。

その間も猫はじっと外を見ている。

「じゃあ、これと……、これ、あとこれも。二本ずつ。あ、あと揚げ饅頭もお願いします」

選んだ団子は三種類とも売上トップスリーのものだ。

「こちらはおいくつにしましょうか？」店主の男性が尋ねる。

「二個、お願いします」

店主は「あいよ」と言うと、ひょいひょいと団子を取り、左手に持った透明なプラスチックの入れ物に詰めていく。さらに揚げ饅頭をトングで掴《つか》むと、紙包みに入れて手際よく包む。それらをまとめて紙袋に入れた。

猫はじっと無表情で外を見ている。

「ありがとうございました」

「あ、あの。写真撮ってもいいですか？」

女性客が団子が並べられているショーケースを指差す。

「構わないよ」店主が許可をすると、女性客はスマホを取り出し構図をいくつか変えては写真を撮っていた。

その中には、外をじっと見ている猫も被写体として写していた。

それから「ありがとうございました」と店主に会釈をして出ていった。

女性客と入れ違いに別の客が店内に入ってきた。男性客でこの店の常連だ。彼は猫の視線に吸い込まれたわけでも、団子の匂いに誘われたわけでもなく、もはや習慣として週に二、三回この団子屋に来ているのだ。

猫も彼が来たからと動じることもなく、いつものように無感情のまま、じっと外を見ていた。

「これから雨だってよ」店主が挨拶がわりに男性と話す。

「急に寒くなったなぁ」

男性はショーケースに肘をつき、手に顎を乗せて、猫と同じように外を見ている。外は確かに曇り始めていた。

その間、店主は彼が何も言わなくても「いつもの団子」を数点取っては包装している。男性のお気に入りは黒胡麻団子だ。男性はほぼ毎日、この店の黒胡麻団子を一串食べている。団子は日が経《た》つと固くなってしまうので、こうして定期的に購入しに来ているのだ。

お互い金額を言わずとも支払額を把握している。男性はポケットから小銭を取り出し、トレーの上にジャラジャラと置いた。

店主は会計ぴったりの小銭をトレーから受け取り、レジ打ちをしている。

男性は、外をじっと見ている猫を見ながら「どう？　最近は繁盛してる？」と店主に訊《き》いた。

レジからレシートが出てくるが、男性はいつも受け取らないので、今日もその場でゴミ箱に捨てた。

「ほら、この前、グルメ雑誌に載ったって話したろ？」店主が団子を渡す。

「おう。言ってたな」

「その効果なのか、若い客が増えたんだよな」

先ほどの女性も店先を眺める様子や、選んだ団子の種類、写真撮影などからグルメ雑誌を見て来た客と思われる。

「そりゃ、よかったなあ」

「それが大変でよ。揚げ饅頭なんか製造数増やさなきゃならんし」

「嬉《うれ》しい悲鳴じゃないか。売れてるんだから」

「そうだけどよ、繁盛したところで贅沢《ぜいたく》もせんからなあ」

店主は続けて「疲れるだけだから、そんな売れんでもいいんだよ」と言った。

「そんなこと言ったら、こいつも悲しむぞ」

男性客はずっと外を見ている猫の頭を撫《な》でた。

店主は「そうか」と呟《つぶや》くと、

「こいつのおかげで商売繁盛してるのかもな。一度しまうか、その招き猫」

と笑いながら言った。

彼女と猫、と僕

　彼女と猫が、僕の家にやってきて一時間経《た》ったが、でぃーちゃんはいまだに慣れてくれず、カーテンの隙間から片目だけを覗《のぞ》かせながらこちらの様子をそろりと窺《うかが》っていた。

　一方、僕のくしゃみも止まる気配がなかった。

「でぃでぃー。怖くないから出ておいでー」

「全然慣れないね」

「知らない家だしなぁ。キミがくしゃみするたびに怖がってるみたいだし」

「ごめん。こんなにくしゃみ出るとは思っブワッくしょんっ！」

　彼女が明らかに怪訝《けげん》な顔をした。話している途中でくしゃみは出るし、手で押さえようとしたけど、豪快すぎて押さえきれなかったし、でぃーちゃんはくしゃみの瞬間、カーテンの陰にスッと隠れてしまうし、なんか色々申し訳ない。

「なんか急に押しかけちゃってごめんね」

「いや、そこは全然、大丈夫」

でぃーちゃんがまたそろりとカーテンの隙間から半分だけ顔を出し、片目でこちらを覗き見ている。まだ警戒している顔だ。

「でぃでぃも慣れてくれないし、キミも全然くしゃみ止まらないし……。他あたろうかな……」

え、今なんて？　他あたる？　ここから出ていくということ？

いやいや、それは待って欲しい。好きな人が僕の家に来て、しかもおそらく数日衣食住を共にするという半ば奇跡と言ってもおかしくないようなことが起きているのに、この機会を易々《やすやす》と逃してしまうわけにはいかない。しかも他にあたる先が、もし男だったらそれも嫌だ。考えたくない。どうにかしないと。まずはこのくしゃみを止めなければ。

「ちょっといくつか試してみてもいい？」

僕は彼女の許可をもらい、立ち上がって窓の方に向かった。カーテンの隙間から部屋の様子をじっと見ていたでぃーちゃんが、近づく僕をロックオンする。姿勢を低くして後退《あとずさ》りしている。今にもその場から逃げ出しそうだ。

「なに？　でぃでぃに何かするの？」

「いや、少し換気しようと思っブワッくしょんっ！」

その瞬間、でぃーちゃんは僕の足元を光の速さで駆けていった。

しかし部屋には他にでぃーちゃんの身を隠せそうな場所がなく、部屋の隅まで走り切ると、くるりと向きを変え、壁を背に立ち止まった。敵（僕）を見失わないように小さな目を見開きながら部屋全体を見渡している。

「もう。驚かさないで」

「ごめん。そんなつもりじゃなかったんだ」

「網戸までは開けないよね？　でぃでぃ逃げちゃう」

「うん。大丈夫」

そう言って僕は、掃き出し窓を少しだけ開けた。外の空気がすっーっと入ってくる。これでいくらかマシになって欲しい。それからマスクもしよう。

マスクはちょうどでぃーちゃんがいる場所にある引き出しの中だ。

驚かせないようにゆっくりとでぃーちゃんに近づく。しかしちょっと歩いただけで、でぃーちゃんは耳をピンと立たせて口はへの字になり瞳孔の開いた丸い目で僕を睨《にら》むようにロックオンした。今くしゃみしたらまた走って逃げ出しそうな体勢になっている。

「今度は何しようとしてるの？」

「マスク取りたくて」僕は引き出しを指差す。

「私が取るよ」

彼女が僕を制し、「どこの引き出し？」と尋ねた。マスクは一番上の引き出しに入っているのだが、何か見られたらマズいものは入ってなかっただろうか。僕は頭を巡らせる。体温計、綿棒、爪切り、絆創膏《ばんそうこう》、そういった類いのものしか入れてなかったはず。大丈夫。

「一番上の引き出しに入ってる」

彼女がでぃーちゃんに近づくが全然逃げない。

「でぃでぃ、ちょっとごめんねー」

彼女が引き出しを開け、中を探る。また鼻がムズムズしてきた。換気だけでは軽減されないのだろうか。早くマスクが欲しい。

「ん？　マスク入ってないよ？」

「あれ？　あるはずなんだけど」自分で確かめようと彼女に近づいた。

するとでぃーちゃんがビクッと驚いて、また光の速さで駆けていった。

「あ！　ちょっと！　もうー」

「ごめん」

「キミねぇ、そんな無神経だと、ほんと嫌われちゃうよ」

「ごめん……」

謝るしかなかった。少し考えれば分かることだったが、先に身体《からだ》が動いてしまったのだ。友だちにもガサツだと言われることがあり、空気の読めなさは自覚している。好きな人には気を使えるように気をつけていたのに、自分の無神経さにショックだった。

「ブワックしょんっ！」

そしてこのタイミングで盛大にくしゃみをした。ほんとデリカシーがないと自分でも思う。

でぃーちゃんはまたカーテンの隙間から顔を覗かせてこちらをじっと見ていた。

「やっぱ、他あたろうかな……」

彼女の表情は暗かった。

「大丈夫。もう止まるから！」

ええい。背に腹はかえられない。マスクがないならこの方法で止めるしかない。

僕はティシュペーパーを二枚引き抜きそれぞれ丸くして両鼻に突っ込んだ。

「何それ！」彼女が僕の顔を見て「ぷはは」と笑い出す。

「ちょっと見苦しいけどこれで止まるはず」

「ちょっと。やめて、笑いが止まらない」

彼女は両鼻にティシュを詰めた僕の顔を見て大笑いしている。笑いを取れたのはある意味よかったのかもしれない。

これでくしゃみも止まってくれればと思う。

「ぷはははっ。キミ面白すぎ。ほんと、笑いが止まらない」

そして僕は思いついてしまった。

「くしゃみが止まったかわりに、笑いが止まらなくなっちゃったね」

すると、彼女はすん、と落ち着き「それは笑えない」と言い放った。厳しい。


だがそれからしばらくして、僕のくしゃみは見事に止まった。

カーテンに隠れてじっと様子を窺っていたでぃーちゃんも、僕がくしゃみをしなくなってから、そろりそろりと出てきてくれた。

でぃーちゃんは僕の鼻に詰まっているティッシュを不思議そうにジロジロと見ていたが、先ほどまでのように怯《おび》えた様子はなくなっていた。

彼女の勧めでチューブ型のおやつを開けて、でぃーちゃんの目の前に持っていった。でぃーちゃんはくんくんと匂いを嗅ぎながら、やがてチロチロと舐めながら食べてくれた。

「よかった。少しは懐いてくれたのかな」

「そうね。時間かかったけど、大丈夫そうね」

「あー、よかった」

ひとまず安心した。近いうちにマスク買ってこよう。

安心したら彼女に聞きたくなった。

「ところで、どうしてうちに来てくれたの？」

「どうしてって。でぃでぃ預かってくれそうだったからだよ」

「でもさ、ほら。僕、前に告白して振られてるわけだし」

それを聞いて、彼女が思いっきり大きくため息を吐《つ》いた。

「キミのそういうとこがデリカシーないんだよなぁ」

「え、どういうこと？」

「嫌いだったら来るわけないじゃん」

「え、じゃあ、好きってこと？」

「もうー。そういうことじゃないの。あまりに無神経だと、ほんと嫌われちゃうよ」

彼女の言っていることが分からなかった。でぃーちゃんは僕の膝に顔をスリスリしては、僕の顔を見る。

「どういうこと？」

「家に来てるんだしいいじゃんその話は。それに鼻に詰め物している人とはまともに話せません」

彼女は睨むように目を細めた。僕は変なことを言ってしまったのだろうか……。

でぃーちゃんは慣れてくれたけど、今度は彼女が不機嫌になってしまった。

彼女は不貞腐《ふてくさ》れたような顔で僕をじっと見ている。

うまくやっていけるだろうか。この先が不安だ。

死神の使い

ＡＩは時たま人知を超えたことをしてくる。どのような思考回路を経てその提案をしてくるのか、どのような知識を得てそのような創作をするのか、我々には分からない。たとえ、ＡＩからその答えに行きついた計算式を開示されたとしても人間には到底理解できないだろう。重要なのはその過程ではなく結果だ。ＡＩから提案された新たな価値を人間側がうまく活用することで、新たな進化や次のステージが待っているのだと考えている。

俺は、いつものようにＳＮＳの投稿を見ていると「これが『死神の使い』か」という文章と共に一枚の画像が添付された投稿を見つけた。

見た瞬間に画像生成ＡＩによって作り出した画像だと分かった。

投稿アカウントのプロフィールを見ると「ＡＩ絵師」と書かれていた。画像生成ＡＩで作られた絵をSNS上に公開したり、ネットショップで売ったりする俺と同じ生業《なりわい》をしていた。

画像生成AIとは、AIに作ってもらいたい内容を「プロンプト」と呼ばれる指示文で入力することで、AIがその内容に沿った画像を作り出してくれるものだ。プロンプトの内容次第で、自分の思い描いた画像が作れるかが決まってくる。プロンプトはいわば呪文のようなものだ。

AIは日々進化している。ほんの一昔前のAIに人物の画像を描かせると、指が六本になっていたり、耳の形が不必要に歪《いびつ》に形成されたりと、どこか現実と異なる箇所があった。だが今や見分けることが困難なほどリアルな画像をAIは生成することができるのだ。

しかし俺は、普段からAIが生成した画像を大量に見ており、その経験から感覚的にAIの画像かどうか見分けることができる。

『死神の使い』と書かれた画像は、実に奇妙な作品だった。遠目で見ると、黒猫の頭部が描かれた画像なのだが、よく見ると、無数の猫の身体《からだ》が寄せ集まって、大きな猫の頭部が作られているのだ。しかもところどころ骨らしきものや臓器、血管らしきもので隙間が埋められており、その埋められた骨部分だけを見ると、猫の頭蓋骨が浮き上がって見えるのだ。

つまり一つの作品に三つの絵が描かれているのだ。黒猫の頭部。無数の猫。そして猫の頭蓋骨。

「寄せ絵」という手法の絵だ。日本では江戸時代末期に浮世絵師の歌川国芳《うたがわくによし》が、裸の人間を寄せ集めて一人の人間の姿を描いた「みかけハこハゐが　とんだいゝ人だ」が有名で、西洋では十六世紀のジュゼッペ・アルチンボルドというイタリア人画家が、植物や野菜、果物を寄せ集めて人間の横顔を描いた「四季」四作品が有名だ。

歌川国芳が描いたものは、どこかアニメチックなイラストであり、不気味さはさほどないのだが、ジュゼッペ・アルチンボルドの寄せ絵は写実的で、グロテスクな印象を受ける。

特に「四季」の中の「夏」という作品では、果物や野菜で構成された人間が不気味に少し笑っているように見え、だが凝視すると、ただの野菜たちの寄せ集めであることが分かり、その表裏一体となった姿に恐怖すら覚える。

『死神の使い』はまさに、この「夏」のような作品だった。あまり凝視したくないが、つい気になって見てしまう。黒猫は正面を向き、縦に細くなった瞳孔で、こちらを見ている。顎を引いていることから睨《にら》んでいるようにも見える。瞳部分をよく見ると、瞳孔は黒猫が横になっている姿で、周りの角膜は金色の猫が数体横たわっている。そのほかにも寝ているのかそれとも死体なのか分からない黒や茶色の猫が様々な姿で寄せ集まって大きな黒猫を構成している。いずれの猫も目は閉じている。

臓器もグロテスクだ。赤ではない。黒にかなり近い赤黒い心臓のようなものや腸のようなものが猫と猫の間を埋めるようにねっとりとした血液と共に描かれていた。

そして、骨で構成された猫の骨格が見えた時、これ以上見てはいけないと直感が働き画像を閉じた。


それからしばらくして、自分がＡＩに作らせた画像に、必ず黒猫が現れるようになったのだ。

初めの絵はワンピースの女の子の画像を生成した時だった。俺が描く絵は、主に実写に近い美少女の画像だ。

「一人の少女、長く黒い髪、麦わら帽子、美しく輝いている目、少し笑う、右手で帽子を押さえる、白いワンピース、周りにひまわり、背景に青い空と白い雲、写真、鮮やか、高画質」などと英語でプロンプトをＡＩに指示すると、指示に沿った画像が描かれる。

描かれた画像はほぼ指示通りではあったのだが、少女の足元に、黒猫がこちらを睨むようにして佇《たたず》んでいたのだ。ちょうど『死神の使い』で見たような猫だった。しかしそれは寄せ絵ではなく、普通の黒猫だった。

指示していないものが描かれるのはＡＩにはよくあることだ。また、似ているとはいえ黒猫なんてどれも同じであるし、あの画像ほど不気味な印象もなく、むしろ黒が入ることで全体が引き締まり、少女とのストーリー性も垣間見《かいまみ》える絵になったので、このまま採用し、画像ソフトで少し手直しをして、ＳＮＳにアップしたのだ。

しかし、どういうわけかその後もＡＩが描く絵には、必ずその黒猫が描かれるようになったのだった。

街中、温泉街、職場、学校、海、ベッドルーム、窓辺などどんなシーンを描いても、必ず黒猫がこちらを睨むように見ては、じっと佇んでいるのだ。

プロンプトには「ネガティブプロンプト」というものがあり、生成して欲しくないものを指定すると描かれなくなる。このネガティブプロンプトに黒猫を指定したのだが、それでも黒猫は生成されたのだ。

ＡＩのバグではないかと思い、普段利用しているものとは別の画像生成ＡＩで画像を作成したのだが、やはりそこでも同じ黒猫が生成され、こちらを睨んでいた。

さすがに不気味さを感じた俺は、ＳＮＳ上で毎回黒猫が生成されてしまうことを投稿した。

すると、あるフォロワーから「それはローブではないか？」と指摘があった。聞きなれない単語をネットで調べてみると、興味深い記事が出てきた。

ローブ。ＡＩによって生成された特定の特徴を持つ謎の女性のことであり、いつまでも消えることなく、繰り返し生成される。その姿は年配の女性の姿をしており、頬《ほお》には歪な形の赤い酒焼けが浮かび上がり、打ちひしがれた表情で、こちらをじっと見ている。その画像があまりにも不気味でグロテスクであり、またはっきりとした生成要因が不明であることから、デジタルの悪魔、ＡＩに取《と》り憑《つ》いた女性の怨念などと言われている。

俺の画像に現れた黒猫は確かにこのローブの成り立ちと似ていた。指示してもないのに繰り返し現れる黒猫は一体何なのか。そして何を伝えたいのか。

「ローブ猫」は、俺の画像にしか現れなかった。ＳＮＳへの反応は様々だった。「呪われたな」、「ＡＩのバージョン４・５なら再現しないはず」、「理解不能の行動がＡＩらしい」、「どうせ話題作りで加工したんでしょ」、「嘘松《うそまつ》乙」、「嘘松とか懐」。ＳＮＳ上の反応は冷ややかなものが多くなっていた。

ローブ猫は次第に大きく描かれるようになっていた。最初に描かれたローブ猫は、少女の足元にいただけだったが、画像生成するたび、ローブ猫は画面上に占める比率を少しずつ侵食していき、今では少女よりも大きく描かれている。

そしてついには少女も描かれなくなり、あの「寄せ絵」で構成された不気味なローブ猫が生成されたのだった。

　ローブ猫は、中央でこちらをじっと睨むようにして佇んで座っている。しかしローブ猫をよく見ると、無数の猫の身体が絡み合い一つの猫の姿が描かれていた。どす黒い色をした心臓、大腸、目玉、舌、筋肉、胃などが猫同士の隙間を埋めている。

　模様に見える白い毛は、よく見ると骨であり、その骨を中心に全体を俯瞰《ふかん》してみると、猫の骨格が浮かび上がってきた。

　深く窪《くぼ》んだ眼窩《がんか》には、黒猫で構成された双眸《そうぼう》と、横たわった無数の金猫で構成された冥々とした虹彩《こうさい》が埋め込まれており、その不気味な目玉で俺を冷たくじっと見ていた。

「これが『死神の使い』か……」

　気づくと俺は、いつか誰かが投稿したものと同じ内容をSNSで投稿していた。

　気配を感じ振り向くと、そこには現実世界に、本当にローブ猫が無言でこちらをじっと凝視して佇んでいたのだった。

　驚いた瞬間、ローブ猫は「ニャアアアアア」と、この世の猫とは思えない闇のように低い声で鳴いた。

　そして全身に激痛が走ったと感じた瞬間に、何もかも全てが消えた。

これが『死神の使い』か。

猫まわし

操作盤のボタンを押し、卓上のラジアルボール盤の電源を入れると、慣れ親しんだモーター音が静かに工場内に音を奏でた。

正雄《まさお》はラジアルボール盤にワークと呼ばれる金属部品を置き、送りハンドルに手をかける。金属部品の大きさは一センチにも満たない小さなものだ。その部品は実に複雑な形状をしており、立方体に歯車のようなものや鋭利なものが組み合わされている。

正雄はゆっくりとハンドルを下げていくと、回転するドリルがワークに触れた。

キーンと、歯医者で聞くような高い金属音と共に、金属部品が削られていく。この道六十年の熟練の技で部品に小さな窪《くぼ》みができた。この後の加工においてドリルの食いつきを良くし、素材を支えるために必要な「センター穴加工」である。

正雄は一旦ハンドルを上げて回転を止めると、作業台の横にある収納箱の中に入っている数十種類のドリル刃の中から一つを手に取った。

もはや彼はドリルのサイズを見なくてもどれが必要なのか分かっている。

チャックキーを回し、取り付けてあるドリル刃を外し、新しいドリル刃を取り付ける。その一連の作業は身体《からだ》が覚えているのか、実に手際がよくリズミカルな動きだ。

再びドリルを回転させると、送りハンドルを下ろしていき、先ほどの窪み位置に、ドリルを当てた。ハンドルを上下に細かく調整しながら、ドリル刃を金属部品の奥へと押し進めていく。

穴の周りには、小さな破片や粉塵《ふんじん》になった鉄の切屑《きりくず》が散っていく。そしてものの数秒で金属部品に穴が貫通した。今度はネジ穴を開けるための「下穴加工」である。

直径わずか数ミリの小さな小さな穴である。その穴を、もうすぐ傘寿となる正雄は寸分の狂いもなく開けることができるのだ。

彼は再びドリル刃を手際よく交換すると、先ほど開けた穴にまた刃を入れた。すると、穴の開口部分に角度がつき、みるみると開口部のみ穴が広がっていった。開口部の鋭利な箇所を削り落とし角を取る、「面取り加工」だ。これをすることで部品破損の防止や組立性の向上に繋《つな》がるのだ。

そうしてまたドリル刃を交換し、最後の仕上げである「タップ加工」に移る。

タップ加工は、穴の中に雌《め》ネジという螺旋状《らせんじょう》の谷間を作る加工だ。これがあることでネジが留まるようになるのだ。

彼は慣れた手つきで迷いなくドリルを入れると、穴の中から螺旋状の切屑が出てきた。これで完成である。

正雄は加工した複雑な形のワークを手に取る。国の宇宙開発団体から請け負った仕事で、月面探査機に使われる部品だそうだ。

その部品を百円ショップで買った小さなタッパーに入れ、作業場の隣の事務所に移った。

事務所には事務机が四つ島状に並べてあり、その横にはパーテーションで区切られた簡易的な応接間——そこには使い古された革張りのソファと、ガラステーブル、亀山モデルの一昔も二昔も前の液晶テレビが備え付けられている——、そしてさらにその奥にはパーテーションで区切られたこれまた簡易的な給湯室がある。

そして反対側には、扉四枚分、大きく外へと開け放たれて軽トラが停《と》まっている軒下の駐車場に直結している。

ここは東京都大田区雑色《ぞうしき》にある小さな町工場「アキ製作所」だ。従業員は正雄も含めてわずか四人。平均年齢は六十六歳。経理担当の妻の晶子《あきこ》と、正雄と同じく加工担当の息子の清志《きよし》、それから雑務全般を担ってくれている二十年来の付き合いの信太朗《しんたろう》さんだ。

ホームページもなければ、事務所の看板すらない。金属部品への穴あけ加工だけを六十年ずっとやっている町工場だ。社名の「アキ」は穴あけの「あけ」と、妻の名前から取っている。

穴あけに使う機械も、二十年近く前のものを使っているし、中には昭和五十四年製造のものだって現役だ。錆《さ》びた鉄と油の匂いと、年季の入った相棒たちだ。

より精密に穴あけ加工ができるマシニングセンタの導入を考えたこともあるが、正雄には操作が難しく感じ断念した。

しかし精密機械に負けず劣らず、正雄の腕は確かなもので、宇宙産業や航空産業、自動車やロボティクス産業などの名だたる大手メーカーがアキ製作所に依頼をしてくるのだ。

それは長年培った正雄の職人技の他にも、アキ製作所では大手製造工場では引き受けないような、たった一つだけの部品の製造を得意とする、いわゆる多品種単品生産であることが、多数の取引先を抱え長く操業できている所以《ゆえん》なのだ。

事務所で一服していると、机の上に置いたタッパーの中身を工場長がじっと見つめていた。さながら品質チェックのようだ。睨《にら》みを利かせた細く鋭い目で部品を観察している。

タッパーに入った状態の部品を、上から横から、斜めから吟味するように見つめている。

いくらかその動作を繰り返した後に、目をさらに細めた。そしてタッパーの角に顔を擦《こす》り付け、自分の匂いをマーキングした。品質ＯＫのサインである。工場長の厳しい品質チェックが無事に完了した。と、いっても実際の品質チェックは正雄がしっかりしているのだが。

そう、工場長とは猫のことである。この猫は、二階が居住スペースであるアキ製作所で飼われている猫、というわけではなく、この町工場周辺に棲《す》み着《つ》いている半野良猫だ。名前は工場長、推定年齢は十六、七といったところ。毛並みが黒と茶色のミックスで、みんなそれぞれご飯を与えているのか、ぽっちゃりした体型である。

正雄の向かいに座って帳簿関連の業務をしていた晶子が立ち上がった。するとタッパーにマーキングをしていた工場長は、晶子の動きを目で追い始めた。そして何かに気がついたのか、にゃあにゃあと鳴き出した。

「飯。飯だ。飯早くくれ」

ぽっちゃり体型の工場長は、身体だけでなく顔も相当なぽっちゃり丸顔で、目が埋もれるくらい余分な肉がついているのだが、この時ばかりは眼球が丸いことを気づかされるくらい大きく目を見開きながら、食事を要求する。

正雄は「今日も元気だなあ」と言いながら、工場長の背中を撫《な》でてやるが、工場長は一切見向きもせずに晶子が入っていった給湯室のパーテーションを、じっと見ながら激しく鳴いている。

猫缶の開ける音が聞こえると、工場長の鳴き声はますます大きくなった。だがしかし工場長はその場から動こうとはしない。正雄の横、テーブルの上に座ったままである。晶子がご飯を持ってきてくれるのを待っているのだ。実に猫らしい。

少しでも動けば運動にもなるのだが、そんなことは工場長には関係のないことである。

程なくして、晶子がウェットタイプのご飯を工場長の前に置くと、さっきまで機械の警告音の如《ごと》く騒々しかった鳴き声がぴたりとなくなり、黙々と食事を始めた。目を細め美味《おい》しそうに食べる。

新品の皿のようにきれいさっぱり食材が一つも残らずペロリと食べると、軽く毛繕いをした後に、テーブルから飛び降り、のそのそと開け放たれた出入り口から外へと歩いて出ていった。

すぐに横にならないだけまだましかもしれない。

それと入れ違いに息子の清志が作業場から戻ってきた。手には三つの部品が入ったタッパーを持っていた。

「おぉ、できたか」

正雄がタッパーを開け、部品を一つずつ手に取り、その出来具合を確認している。

工場長ほどしっかり見ずに「よし、オーケー」と言った。長年の経験がものを言う。

清志は応接間のソファに座ってタバコを吸い、テレビのワイドショーを見ながら、正雄に軽く頷《うなず》いた。タバコを持つ手が震えている。

清志は四十三歳の頃、労災に遭い、その影響で利き腕に痺《しび》れが残るようになった。そのため正雄のような極めて細かい部品への穴あけができず、それよりも大きな部品の穴あけ加工を全て受け持っている。加工件数は正雄よりもずっと多いが、黙々とこなし、しかも腕の痺れの影響を感じさせない完成度だ。

「じゃ、ちょっと行ってくる」

正雄は自分と清志の作った部品を手に持ち、外に出かけた。

アキ製作所から歩くことたった三分。目的の「小西《こにし》精工」に着くと、そのまま作業場に入っていき、正雄と同世代の男に「よろしく」と部品を手渡した。

小西精工では金属研磨を専門で行っている。機械ではできない千分の一ミリ単位の研磨技術を持っているのだ。

穴あき加工専門のアキ製作所で作った部品は、小西精工で研磨される。そしてその後、また別の近所の町工場でメッキ加工が施される。正雄のもとに来る前にもまた別の町工場で金属切削が施されているのだ。

仲間まわし。この地域に昔からあるやり方で、近所の町工場同士がそれぞれ専門技術を用いて、一つの部品加工をしていき、最終製品を作り上げるのだ。

狭い地域に技術が集結し、徒歩で行ける距離で迅速に加工ができる。これが大手製造メーカーにも負けない力となり、その結果、国内外の宇宙・航空産業から指名を受けるプロ集団へと至ったのである。


帰り際、陽《ひ》の当たる窓辺で、工場長がお気に入りのクッションで丸くなって昼寝をしているのを正雄は見かけ、立ち止まった。工場長のルーティンだ。切削作業所で寝泊まりをし、正雄の穴あき加工所で、昼ごはんを食べ、研磨作業所では昼寝をし、メッキ作業所では夜ごはんを食べ、暗くなったらまた切削作業所に戻る。

そしてその全工程で、工場長は部品の品質チェックを請け負っている。丸顔の脂肪に埋もれた鋭く厳しい目で、しっかりとあらゆる角度から部品を凝視するのだ。

それが終わるとタッパーの角に顔を擦り付けて品質チェック通過だ。

でも、猫だから毎回やるかというとそういうわけではないし、しっかり凝視して見ているようで抜け漏れもある。まあ猫だから仕方ない。本当の品質チェックは人間がしているからそれでいいのだ。

それに工場長という名前だが、作業場には鉄粉や塗装剤など危険物や有害なものがあるので、どこの現場にも一切入れないし、入ってこないように各々対策を取っている。まあ猫だから仕方ない。現場は安全第一だ。

猫まわし。こうしてこの地域の町工場では、みんなで猫を見守り、猫は猫で、各々を巡っては癒やしを与えているのだ。この癒やしが製品の品質向上に繋がっているのかそうでないかは、定かではない。

だがこの街も工場長とともに十六、七年育ってきた。

工場長もだいぶ高齢になったな、と寝顔を見ながら正雄は思った。

猫も高齢だが、人間の高齢化もかなり進んでいる。

後継者難やコロナの影響での需要減もあり、ここ数年、長年苦楽を共にした近所の製造業者のいくつかが廃業している。

地味で暗いイメージがあり、若者がなかなか来ない。若者を誘致しようと行政と共に街全体で取り組んでいるが、まだまだ課題は多い。

正雄もいつまで働けるか分からない。アキ製作所は息子に継ぐことになるが、正雄との技術の差に不安もある。

実は正雄は今、息子が導入したがっていたマシニングセンタの導入を考えている。息子と信太朗さんにアキ製作所を任せようと思っている。日本の、世界の産業を支えている町工場が廃れていかないよう、仲間から仲間へ、世代から世代へと次のバトンを渡さなければ。

正雄は、目を細めて熟睡している工場長を見つめながら、そう思った。

とある大学生たちの会話

　とある大学生たちの会話。

「なあなあ、なんか面白い話して」

「なに、どした、唐突じゃね？」

「いや、講義まで時間あるし。なんか、ねぇの？」

「急だな、おい。お前こそなんかないのかよ」

「え、俺？　そうだなぁ……」

「ほら、すぐに出てこねぇじゃん」

「あー、あるある」

「言ってみ」

「面白いと言えば、猫ミームってあるだろ？」

「あぁ、ショート動画のやつ？」

「そう。猫同士が会話してるやつ」

「それがどうした？」

「あれ見てて思ったんだけどさ。猫って定期的にバズるよな」

「確かにな。ちょっと前にも『どんな箱にも入る液体猫』とかもバズったな」

「そうそう。でさ、もうちょっと前にバズった猫のやつ覚えてるか？」

「なにそれ？　どんなやつ？」

「『宇宙猫』ってやつ」

「あーあったあった。小学生ぐらいの時じゃん？　宇宙と猫のコラ画像のやつだよな」

「そうそう。宇宙空間の写真背景に、猫がいるやつ」

「自分の理解の範囲を超える存在や出来事に遭遇した時に使う画像だよな」

「そう。それ」

「まさにお前みたいな存在に出会った時に使うやつだよな」

「うわ。ひど」

「事実だろ」

「おま、やば。……あの猫の顔が独特だよな。驚いてる表情っていうか、『えっ！』って顔で一点を見つめてる目」

「あぁ。茶色い猫のやつだろ？　理解できないって顔してるよなアレ」

「そう」

「目が点ってやつ」

「だな。元々は海外で『スペースキャット』って名前で流行《はや》ったらしい」

「へぇ。知らんかった。で？　なんで今さら『宇宙猫』なんだよ。どこが面白い話なんだ？」

「あぁ、この前、猫ミーム見てる時に、そういや昔、『宇宙猫』ってのもあったなって思い出してさ」

「で？」

「猫同士が会話している猫ミームと繋《つな》がったんだよ」

「何が？」

「今でこそ『宇宙猫』ってフツーに使われてるけどさ、『宇宙猫』っていうのは、実は猫は宇宙から来た宇宙人……もとい〝宇宙猫〟ってことなんじゃないかって」

「は？　なに？　どした急に？　頭ぶつけた？」

「いや、真剣」

「なんだよ、〝宇宙猫〟って」

「いや、だからさ。世界中にいる猫は、宇宙から来たスパイじゃないかって思ってるんだ」

「意味分かんない」

「だってさ、考えてみろよ。猫の目。あのつり上がったアーモンド型の猫の目ってグレイの目にそっくりじゃね。それに、猫って誰もいないところでニャーニャー鳴いてることあるだろ？　あれ、絶対、宇宙と交信してんだって。人間の生活を監視してて、その報告してんだよ」

「おう、おう。ずいぶんと飛躍した話だな」

「いや、スパイだって証拠、他にもあるんだよ。例えばさ、あいつら暗いところだと目が光るだろ。ヤバいってあの目。地球上の生き物じゃない証拠だって」

「お前さ、中学生みたいな発想だな」

「いや、考えてみろって。あいつら、いつの間にかそばに来て、こっちじっと見てる時とかあるじゃん。あれなんか絶対監視してんだろ」

「あー。はいはい」

「信じねぇの？」

「まぁな。お前の話だし」

「狭いところにも難なく入るあの液体猫だって、高いところから落ちてもスルリと着地するあの身体能力だって怪しいだろ」

「いや、猫だしな。動物だから身体能力は高いだろ」

「人間社会のまねして、会話してる風の猫ミームだって、実は本当に猫同士で会話してるのかもしれないぞ」

「あれはネタだろ」

「お前、知らねーぞ。宇宙猫が地球侵略を始めるかもしれないんだぞ」

「どっからそんな自信が出てくんだよ」

「警告なんだよ。俺ら猫たちは全てを理解してるぞって」

「その辺にしとけ」

「世の中の猫は、猫同士で情報連携してんだよ。みんな繋がってるんだって」

「あー、はいはい」

「『宇宙猫』も『液体猫』も『猫ミーム』も流行らせたのは〝宇宙猫〟なんだよ。俺ら人間に何か警告してるんだって。それに気づいて欲しくて、定期的に猫をバズらせてるんだよ。もう始まってるんだよ」

「分かった分かった。信じる信じる。あ、ほら、もう始まってるぞ、講義」

「あ、おま、ちょっ。信じてねーな」

「すまん。ちょっと理解が及ばない。まさに今あたし『宇宙猫』状態なんだけど」

「お前、うまいな」


その会話を聞いていた少し後ろの大学生たちの会話。

「あのカップルさ、いつも漫才みたいな会話してるよね」

「ね。二人ともカップルだと思えない口の悪さだよね」

「ね、会話だけじゃ理解が追いつかないと思う」

猫屋敷

聞き覚えのある地名がテレビから流れてきたので、ニュースを見ると見覚えのある建物が映っていて、アナウンサーの伝える事件の内容に衝撃を受けた。

これは今からもう三十年近く前の話だ。子供の頃に住んでいたS市で実際に起きた出来事である。

S市の山の上には、平成初期に建てられたニュータウン郡があった。ニュータウン内はコンビニエンスストアもなければ、薬局も郵便局もなく、建売住宅がただただ規則正しく並んでいる、そんな場所だった。

麓の市内に行くには自家用車か、一時間に一本程度のバスに乗って山を下りるしかなかった。ニュータウン群と市内を繋《つな》ぐ幹線道路は一本のみで、その道の途中にトンネルがあり、徒歩での行き来がしにくい上、台風や大雨になると交通規制が入ったり、さらには最終バスも二十一時台だったりと、非常に交通の便が悪い場所だった。

もちろん幹線道路の他にも、小さな市道や歩行者用の山道はあったのだけれど、遠回りになることもあり、あまり利便性が良いとは言えなかった。

将来的なニュータウン構想では、山は切り開かれ、大手ショッピングモールが誘致されるとされていたが、一向にその気配はなく、建売住宅も買い手がつかず空き家になっているところもちらほらとあった。

そんなS市の平成の遺産とも言うべきニュータウンには、少し有名な屋敷が存在していた。

通称『猫屋敷』と呼ばれていたその屋敷は、ニュータウンの一番奥に立っていた。

ニュータウン開発に関わった権力者の屋敷なのか、はたまたどこかの社長や資産家の屋敷なのかは分からないが、とにかく他の建売住宅とは規模も形も異なる屋敷が立っていたのだ。

ニュータウンは通っていた小学校からは結構離れており、学区の関係から、私はもちろん友人の誰一人、ニュータウンに住んでいる者はいなかった。

しかし、「ニュータウンの『猫屋敷』」という情報は小学生たちの耳にも、もれなく入っていた。

噂《うわさ》によるとそこは人が住んでいるのか、それとも廃墟《はいきょ》なのか分からない屋敷であり、無数の猫が敷地内に棲《す》み着《つ》いているらしい。

さらにその屋敷に足を踏み入れた者は、行方《ゆくえ》不明となって帰ってこないというのだ。

親からも教師からも危険だから近づいてはいけないと言われていた。

やってはいけないと言われると子供はやりたくなるもので、ある日、私は友人のまさる（仮名）、ひろき（仮名）とともに男三人で学校帰りに『猫屋敷』に行ってみることにしたのだ。一時間に一本のバスがちょうど行ってしまったタイミングだったので、一時間半かけて徒歩でニュータウンまで歩いて登った。

ひろきがポケットから、真っ赤な色の小型携帯カセットテープ再生機の「ミュージックマン」を取り出した。なんでも家から持ち出してきたらしい。

ちょっと古いモデルだったが、私たちにとってミュージックマンは憧れの機械には変わりなかった。

みんなでイヤホンを借り合い、音楽を聴きながら歩いていった。

大人の足で二十分もあれば登れるし、子供の足でも四十分あれば登れる場所だったが、「探検」と称して、歌を歌いながら寄り道して歩いたことでかなり遅くなった。

その結果、『猫屋敷』の前にたどり着いた時には、辺りがすっかり暗くなってしまっていた。

街灯のわずかな明かりに照らされた『猫屋敷』は、噂に聞いていたよりも不気味だった。格子状の正門の扉にまさるが手をかけ、力を加えると、錆《さ》びた鉄が擦《こす》れるようなギィギィという音を周囲に響かせた。しかし鍵が閉まっているようで、扉を開けることはできず、中には入れなかった。

塀は高く子供が登れる高さではなかったのだが、塀に沿って歩いていると、ちょうど子供一人が入れそうな穴が空いていた。

まさるが「ここから入れそうだ」と言った。

私は勝手に入ってもいいものなのか、二人に聞いたが、「せっかく時間かけてここまで来たのに、ここで帰るのか」と言われ、確かにその通りだと、穴をくぐり抜け、屋敷の敷地に足を踏み入れたのだ。

その瞬間、饐《す》えたニオイが鼻を刺した。糞尿《ふんにょう》のニオイだった。今立っているその足の下からニオイが立ちこめていた。

三人とも急いでその場から離れるように、高く生い茂った雑草をかき分けて正門の前までやってきた。

しかしニオイは消えなかった。糞尿のニオイはこの屋敷の敷地全体から漂っているようだった。ひろきが「は、早く行こうぜ」と急《せ》かしてきた。
正面には屋敷へと続く石畳が延びていたが、石と石の隙間からも草が生えてきていた。
目の前の屋敷はたいそう立派な西洋風の建物だったが外壁には蔦《つた》がびっしりと張ってい
て、中から明かりが漏れている窓は一つもなく、その様子からとても人が住んでいるとは
思えないところだった。もう何十年も人が住んでいない廃墟のように思えた。
「猫」は、突然、聴覚から入ってきた。唸《うな》るような猫の鳴き声が雑草の中から聞こえてき
たのだ。最初は一つ。次に二つ。さらに三つと、鳴き声は複数箇所から聞こえてきた。
にゃあー。にゃあー。にゃあー。と鳴く。
ひろきがまたもや「は、早く行こうぜ」と急かしてきたので、屋敷の玄関まで早歩きで
向かった。
「だめだ。鍵がかかってる」まさるが大きな玄関を開けようとしたがびくともしなかった。
猫の鳴き声はさらに増えてきて、まるでこちらに対して威嚇や警告をしているかのよう
な、低い声が幾重にも重なっていた。
姿は見えずに鳴き声だけが聞こえる。推定二十匹はいたのではないか。互いに共鳴して
大きな鳴き声を出しているように思えた。
にゃあー。にゃあー。にゃあー。

さすがに恐怖を感じ、ひろきが一目散に入ってきた穴に向かって走り出していった。それに続いて私も走り出す。まさるが「おい、待ってくれよ」と追いかけてくる。

我先にと三人が穴の方へ走る。もう糞尿のニオイなど気にしている余裕もなかった。

ひろきが、「あ！」と叫び、私の目の前で転んだ。「大丈夫か？」と尋ねると、「大丈夫」と言いすぐに立ち上がり、再び走り出した。

ひろきが初めに穴から外に出る。まさるが私を抜かして次に穴から外に出た。

そして私は外に出る際に屋敷の方を振り返ってしまった。そこで見てしまったのだ。

屋敷の窓に、びっしりと張り付くようにこちらを見ている無数の青白く光る猫の眼《め》を。そしてその全ての眼が私を見ているのが分かった。

にゃあー。にゃあー。と唸る猫の鳴き声も相まって「猫屋敷」と呼ばれていること、近づいてはいけないと言われている理由を知ってしまった。


屋敷を出てからも、私たち三人は恐怖のあまり屋敷の姿が見えなくなるまで走り続けた。

走り疲れ、小さな街灯の下で休む。三人とも息が荒かった。

ひろきが言った。「ミュージックマンがない！」

首からぶら下げていたイヤホンコードの先には、プラグしかなかった。

あの時、どうやらイヤホンコードが枝か何かに引っかかって転んでしまったようで、その弾みでポケットに入れてたミュージックマン本体が飛び出し、コードから抜け、落としてしまっていたようだった。

再び取りに行く勇気はなかった。ひろきは悔いていた。

翌日、学校でひろきは、ミュージックマンを取りにもう一度、猫屋敷に行きたいと言ってきた。だが、私もまさるも怖くて断った。

ひろきが行方不明になったのはそれから数日後だった。

大人たちは騒いだ。猫屋敷ももちろん調べられたようだったが、ひろきは見つからなかった。

――えー。地元では長年、『猫屋敷』と呼ばれており、人が住んでおらず、猫のたまり場となっていました。建物の老朽化もあり解体の要望が昔からあったのですが、土地の所有者との折り合いがつかず廃墟のまま三十年近く経《た》っていたとのことです。

そして、ようやく今月から解体作業に着手できたそうですが、屋敷の中から大量の白骨化した遺体が発見されたとのことです。そのほとんどが猫のものとのことですが、警察の情報によると数体人骨も見つかっているとのことで、これから詳しく調べられるそうです。

現場からは以上です。

ありがとうございました。早く解決して欲しいですね。それでは、次のニュースです。次は――

テレビに映し出された解体現場には、イヤホンコードのついたあの真っ赤なミュージックマンが映し出されていた。

ブサカワ猫の小さい目

私の所属するファッション誌『L－Style』のウェブコンテンツ部門は、基本的に雑誌に掲載された特集をウェブ用に再構成して記事をアップするのが業務だった。

雑誌入稿時には記事原稿や写真素材といったものはほとんど揃《そろ》っていて、それをページ上でどう見せるかを考えるのが常で、テーマ自体を一から企画してページを作ることは、今までなかった。

だけど、昨今の雑誌の売上低迷もあって、会社の方針として「これからはウェブコンテンツでも収益を上げていかないといけない」ということになり、ウェブはウェブで雑誌にはないオリジナルコンテンツを拡充していくことになったのだ。

雑誌版『L－Style』は三、四十代女性をターゲットにしており、メインコンテンツは普段使いのおしゃれなファッションの紹介なのだけれど、サブコンテンツでは、衣食住に関するお役立ち情報が据えられており、割と幅広い特集が組まれている。

例えば、引っ越しシーズンになると「なかなか片付かない部屋の片付け方」特集をやったり、夏前になると「夏直前！　今からできるウエストくびれ一〇の方法」特集をやったり、百円均一ショップとタイアップして「百均グッズで簡単・時短料理」特集をやったりした。


一方、ウェブ版『L－Style』はこれら雑誌版の特集の他に、オリジナルコンテンツとして、「鍛えるならココ！　首都圏のおすすめジム百選」や「ブーム目前！　関西スイーツ二〇選」といった地域に絞ったコンテンツを拡充している。雑誌と比べて掲載できるページ数に制限がないことや、地域を絞った方がよりターゲットが明確になるし、広告収入を得やすいためである。

会社のこの方針転換によって、私は入社以来初めて出張に行くことになった。私自身、人生初めての出張である。

場所は福岡。一泊二日で福岡スイーツの一人取材だ。私はいつから「職業・ライター」になったのだろうと、会社の急な方針転換についていけてない自分がいる。ただ、上司の命令だし、専属のライターがいる部署でもなく、まあ百歩譲ってスイーツが食べられるなら一回ぐらい行ってもいいかと思い、出張を受け入れた。

でも本当は出張がないからこの部署に入ったのだ。これから出張が増えるようだったら転職も考えようとも思った。

というのも、私は一人暮らしで、マンションで猫を飼っているのだ。名前はちょこ。チョコレートみたいな色をしていたからという単純な理由で名付けた。猫種はエキゾチックショートヘア。顔のパーツが中央に集中していて、くしゃっと潰れたブルドッグのような顔をしている。目も小さくていつも睨《にら》んでいるような目つきなのだ。言ってしまえばブサイク顔。だけどずっと見ているとそのブサイクさが逆にかわいく見えてくるものだ。

ズンと座り、不貞腐《ふてくさ》れた顔で「メシ、くれ」と要望するその仕草や、ゴロンと倒れたように横になったかと思うと、睨みを利かせた目で「オレ、ねる」と鳴く仕草など。かわいいところをあげたらキリがない。ちょこはそんなブサカワ猫だ。

私はちょこ一番の生活をしており、出張はもちろんプライベートの旅行でも一日以上家を空けたことがなかった。それが今回初めて二日もの間、ちょこを家に置いてくる。出張の間、ペットホテルに預けることも考えたけれど、見知らぬ環境で、しかもケージ暮らしとなるとその方がストレスが溜《た》まると思い、迷った結果、自宅での留守番を選択したのだ。

今回のために、自動給餌器付きのペットカメラをネットショップで買った。事前の設定は済んでいるので、スマホのアプリを使えば、いつでも外から家の様子を確認することができる。自動給餌器は毎日決まった時間になると、キャットフードが出るようになっているし、アプリ操作でカメラ映像を見ながら遠隔でご飯を出すこともできるのだ。カメラは赤外線カメラなので夜でも確認できる。

部屋全体が映る場所にペットカメラを設置したので、ちょこがどこにいても確認ができる。

その他にも、お水はお皿をもう一つ追加して置いてきたし、猫砂も多めに入れておいた。そこまで気温が上がる季節ではないけれど、エアコンも適温設定にしてつけっぱなしだ。電気代が値上がりしているので、請求額が心配だけど、ちょこのことを考えると致し方ない。

また出張前の土日には、あえて家を長時間空けて、留守番に慣れさせておいた。

心配の種は尽きないけれど、一応はできる対策はとって、ちょこを家に残して出張に出てきたのだ。

福岡に降り立ち、すぐにアプリを立ち上げた。するといきなりスマホの画面いっぱいにちょこの顔面が映し出された。

「びっくりしたー」

驚いて声が出てしまった。ちょこは見事なまでにカメラ目線でスマホ越しに私をガン見していたのだ。機嫌の悪そうな目つきでカメラを睨んでいる。さすがブサカワ猫だ。

私がカメラを見ているのを知っているのか、前足でちょいちょいとしてカメラのレンズを触ってきた。

「見てるんだろ、メシ、くれ」とでも言っているかのようだ。

アプリに表示されている通話ボタンを押す。これは遠隔で音声会話ができる機能だ。

「ちょこ、やめてー。カメラ壊れちゃう」スマホのスピーカーに向かってそう言うと、ちょこは動きを止めた。そしてますます険しい顔でカメラを睨んできた。

「お前、この中に、いるのか？」とでも言いたそうな顔だ。

「ごめん。ごめん。出張なんだ。今ご飯あげるからね」

スマホを操作してフードを排出する。自動給餌器にはフードが入れられるタンクがついており、そこから決まった量のフードを前面のステンレスプレートの上に出すことができる。

カメラには排出されたフードが映っている。

ちょこの視線はカメラからフードに移り、しばらく見た後に静かに食べ始めた。

私はちょこがご飯を食べ終わるまで映像を見ていた。取材に行く前に癒やされた。

スイーツ店複数の取材を終えてホテルに着いたのは二十時過ぎだった。日中はちょこの様子が気になって取材の合間に何度もアプリに接続してはカメラ映像を見ていた。一人での留守番に寂しくなって鳴いていたらどうしようと不安に思っていたのだけれど、ちょこはほとんどの時間、お気に入りのクッションの上で寝ていたので安心した。考えてみれば、今日は出社時よりも遅く家を出ているので、家を空けてる時間としては、いつもよりいくらか短かった。

初めての福岡、初めての出張、初めての一人取材で、慣れない仕事に疲れた。

パンプスを脱ぎ、ホテルのベッドに倒れ込むように身体《からだ》を預ける。

このまま寝てしまいたい。そんなことを考えながらも、二、三時間見れていないちょこの様子が気になり、スマホを取り出した。

アプリを起動してカメラ映像を映すが、部屋が暗くて何も見えなかった。だけどすぐに自動的に赤外線カメラに切り替わり、白黒で映像が映し出された。

その映像を見て状況を理解するのに数秒かかったと思う。映像の中央には横並びの丸い光源が二つ、スマホのフラッシュライトのようにかなりの明るさで光っていたのだ。しばらくしてそれがちょこの目だと分かった。いつも半目しか開けていない不貞腐れた小さな目が、赤外線に反応して丸く大きく光を放っていたのだ。今まで見てきたちょこの目で一番見開いているように思えるほどまん丸だ。

赤外線カメラはちょこの輪郭もしっかり映していた。しかし光源が眩《まぶ》しくて、気がつくのに時間がかかってしまった。なぜこんなにも目が光るのだろうと不思議に思った。

ちょこは日中見た時のように、カメラの前に陣取り、光る目でじっとカメラを見ていた。

「見てるんだろ。メシ、くれ」と光る目が訴える。むっつりした顔なのにまん丸い目になっている普段見ないちょこの姿が新鮮だった。

「メシ、くれ」と鳴く。

「今あげるね」

私は、スマホを操作してご飯を出した。

明日は早く仕事を終えて、家に帰って、ちょこにたくさんご飯あげよう。

目を光らせながらご飯を食べているブサカワ猫ちょこを見ながら、そう思った。

もしもあたしが猫だったのなら

窓の外を見ると、向かいの家の塀の上を猫が歩いていた。バランスを崩さずに細い道をスタスタと歩いている。

慣れたもんだ。

ピタッと足を止めると、上に顔を向けた。くんくんと匂いを嗅ぐように鼻を突き出しては、空を見ている。

空は快晴。とてつもなく快晴。嫌なくらい。

だけどあたしの部屋はそれとは正反対。まるできのこ栽培でもしているかのように暗いし、ジメジメと陰鬱な雰囲気が漂っている。埃《ほこり》っぽいのかもしれない。

外の世界から隔離された部屋。インターネットで繋《つな》がる世界はなんだかこの世界の延線上にないみたい。楽しい時は楽しいけれど、貶《けな》される時は一気に牙を剥《む》く。怖い世界。

テレビだってそう。なんちゃら女とかなんちゃらおばさんとか、なんちゃら症とか、すぐに新しい言葉を作っては、自分らとは違うと線を引こうとする。

自由にさせて欲しい。生きにくい。

気分転換に推し活したくてもお金がなくて、前に購入プレゼントでもらったポスターを部屋に貼ってずっと眺めている。新しいグッズなんて買えたもんじゃない。高いんだよ。

家にいると自分が負のスパイラルに落ちていくのが分かる。だけど外に出られるかって、出られないんだ。焦れば焦るほど遠退《とおの》いていく。分かってるんだよそんなこと。

だから今日はせめてもの思いでしばらく悩んだ挙げ句に、カーテンを少しだけ開けたら、目の前を猫が歩いてたんだ。

猫は気まぐれでいいな、って思う。

もしもあたしが猫だったのなら、何をするだろうか。

猫はしばらく空をじっと見ていたかと思うと、そのまま目を細めて気持ちよさそうに太陽の日差しを背中で感じ始めた。ぬくぬく、って言葉が合う仕草だ。

少し警戒心てもん持った方がいいんじゃないのか。

しばらくそうやって座ったまま日向《ひなた》ぼっこしたかと思うと、ぱちくり目を開けて、また空をじっと眺める。それからスタスタと塀を歩いては、どこかに行ってしまった。

なんて気まぐれなんだ。猫になりたい。自由な生き方だな。

何も考えずに、気まぐれに生きていきたい。もしもあたしが猫だったのならそうしたい。

だけど残念ながらあたしは人間で、今日もこうして一日中部屋に閉じこもってる。

悲しくなってきたからカーテンを閉めて布団に潜り込む。


出たくても出られないんだ。身体《からだ》が動かないんだ。焦ってはいけないと分かってはいても、毎日毎日繰り返していると、世間から取り残されていく思いがますます強くなって、余計にどうすることもできなくなる。

知ってるよ。あたしがどういう人間かなんて知ってる。

今日も昨日と同じ日を繰り返している。

電気なんてつける気もないし、カーテンなんて開ける気もない。テレビも嫌い。

このままずっと暗く閉じた部屋で引きこもってたいんだ。

陽光が身体に良いってことも知ってるよ。崩れた体内の生活リズムが整うとか、セロトニンが分泌されて不安解消するとか、なんかそういうやつ。

知ってるからってできるわけじゃないんだ。でも、だから、せめて。今日も少しだけ昨日みたいにカーテンぐらい開けようと、二時間以上迷って、ようやく少しだけカーテンを開けることができた。昨日みたいに。

なんでかって、太陽の光もそうだけど、昨日のぬくぬく猫がまたいたらいいなって思ったから。猫は嫌いじゃない。でも飼えるかっていったら無理だと思う。だってあたし自身こんなんだから。

ぼんやりと外を見ていると、今日もやっぱり猫が塀の上を歩いてきた。

昨日とおんなじぬくぬく猫だ。もしかしたら昨日今日に限らず、彼？　彼女？　の日課なのかもしれない。

凛《りん》と澄ました顔で堂々と、スタスタ歩いている。君のその自信はどこから来るんだ。あたしに分けておくれよ。

猫は立ち止まると、また鼻を空に突き出しては、じっと青空を眺めている。

口角もきゅっと上がって気持ちよさそうだ。ここからは横顔しか見れないけれどすごく猫、って感じの鼻筋。

もしもあたしが猫だったのなら、同じことをしていただろうか。自由気ままでいいな。

やがてまた気持ちよさそうに目を細め、日向ぼっこを始めた。本当にぬくぬく気持ちよさそうだ。

だけど昨日とは違った。塀の上を別の猫が歩いてきたのだ。どっしりとした体格で、いかにもボス猫って感じの猫。

ボス猫は、ぬくぬく猫の前まで来て止まった。気持ちよさそうに寝ていたのに。嫌な感じ。ボス猫は何も言わずに睨《にら》みを利かせた目でぬくぬく猫を見てる。人間のあたしでもそれが「どけ」と威圧している行為だってことが分かるくらい。ほんと嫌。

案の定、ぬくぬく猫は、たじろいでしまい、ぴょーんと塀から降りてしまった。先にいたのに。

だけど、ボス猫が塀を歩き出すと、ぬくぬく猫がすぐにぴょーんと塀を駆け上がってきて、元いたところにまた何事もなかったかのように居座った。

ボス猫は何事かと振り向き、ぬくぬく猫が元の場所に戻ってきたのをじっと見ると、ふんっと投げやりな態度をして、歩いていった。

これは勝ったのか。ぬくぬく猫の勝利なのか。

すごいな。メンタルよわよわのあたしには絶対できない。

色々考えちゃうから。色々考えすぎてこうなっちゃったんだ。猫が色々考えてるか分からないけれど、猫みたいに自由気ままに自分の赴くままに生きたい。

もしもあたしが猫だったのなら。

自分が思ったように、塀の上にいたければいればいいし、外に出たくなったら出ればいいんだ。出よう出ようと頭では思っていても心は出たいと思ってないなら出なくてもいい。頭も心も出たいと思った時に出ればいいんだ。大丈夫。頭では分かってるんだから。

ぬくぬく猫はあたしの視線に気がついて、不思議そうにこっちをじっと見ている。

焦らず、できることだけ、やりたいことだけやればいいんだ。

明日には窓を開けてみようかな。無理かな。三時間ぐらい悩んで結局開けられないかもしれない。

頑張らない。できることだけやる。

それならそれでいいよね。

羨ましい限りです。

うちの子は目を合わせてくれない。

目を合わせようとすると、すぐにぷいっとそっぽを向いてしまう。

どうしてそんなにすぐに視線を外してしまうのだろうと、インターネットで調べてみたところ、ネコが目を合わせないのには理由があるようだった。

ネコの世界では、目を合わせることは喧嘩《けんか》や威嚇を意味するらしく、「僕は威嚇してないよ」という意味で、飼い主と目を合わせないようにすぐに視線を外すのだという。

かわいいじゃないか。さすがうちの子である。

でも、私としては、ライチの透き通った金色の目を見たいし、なんなら数分そのまま見つめ合いたい。

「ライチ、こっち見て」

私はライチの目の前に自分の顔を持っていく。だけどライチはすぐに横を向いてしまった。

「んもー。こっち見てよー。ライチー」

ライチは全然目を合わせてくれない。ちなみに母親にも姉にもライチは目を合わせない。だけど、父親とは目を合わせてくれるのだ。だからといって、ライチが父親に対して敵心を持っているわけでもなさそうである。

父親を見るライチの様子は、特段、威嚇しているような感じはなく、香箱座りしたまま父親のことを見ている。父親が顔を近づけても嫌がる素振りもなく、そのまま父親のことをじっと見ている。

なんなら、そのまま父親が見ているだけで、ぐるぐる、ぐるぐると気持ちよさそうに喉まで鳴らし始めるのだ。

インターネットのサイトには、他の理由も書かれていた。

ネコの世界では、目を合わせることは愛情表現を意味するらしく、親しいネコ同士ではコミュニケーションの一環として、目を合わせることがあるらしい。

これは由々《ゆゆ》しき問題じゃないか。

喧嘩したくなくて私と視線を外しているのだとしたら、それはもう素晴らしいことだ。私とライイチの関係は良好に保たれている証拠だ。しかしこれが、愛情表現として父親とは目を合わせられるけれど、私とは目を合わせられないというのがライイチの意思なのであれば、これはライイチと良好な関係を構築しなければならない。

「ライイチ、どうしてこっち見てくれないの？」

ライイチは、ススイと視線を横に泳がせては、あさっての方向にゆっくりと頭ごと向いてしまった。不機嫌そうに口がへの字になってしまった。寝っ転がっていて落ち着いているからいけると思ったのに。

姉と協力して視線を合わせようとしたこともあった。

ライイチの左右に私と姉が立ち、それぞれからライイチに視線を合わせようとする。だけどライイチは目を合わせてくれなかった。

「ライイチは気まぐれなのよ」

母親がそんなことを言う。

「ライイチは男の子だからな。女性に見つめられるのは恥ずかしいんじゃないかな」

父親はそんなことを言いながら、香箱座りしているライイチの目の前にやってきては、ライイチを見る。

ライイチは私と姉の時とは打って変わって、頭を動かすことなく、そのままじっと父親を見ている。

　私はその様子を横から見る。

　ライチの横顔は凛《りん》としていて美しい。香箱座りしたまま、少しだけ顔を上に向け、父親を見ている。ライチの瞳は横顔からでも分かるほどに、ぷっくりと大きな球体をしていて、ビー玉のように澄んでいる。瞳に光が反射して、金色の虹彩《こうさい》が輝いて見える。縦に細くした黒目で、父親を見ている。

　次第に、ぐるぐる、ぐるぐる、と喉を鳴らし始める。

　あぁ。よだれが出るほどにかわいらしい。抱きしめて顔をスリスリしたい。猫吸いしたい。

　もうこうなったら、三人で協力して目を合わせてもらおう。

　ライチが香箱座りしてくつろいでいるところに、右に母、左に姉、そして正面に私がスタンバイする。これでそっぽ向いたとしても誰かしらと視線が合うはずだ。

　ライチはススイと私から視線を外し、右を見る。するとそこには母がいる。しかしライチはそのまま左に頭を動かした。

　今度はそこに姉がいる。

　さあ、ライチ、目を合わせておくれ。

ライチはそのまま身体《からだ》を起こし、私にお尻を向けて座り直した。

そしてそこにはソファで寝っ転がっている父親がいて、ライチはあろうことか父親と目を合わせた。

「おぉ、ライチ、かわいいなぁ」

あぁ。なんてことだ。

父親ばかり目を合わせることができて羨ましく思う。

ライチは私のこと、どう思ってるんだろう。父親が羨ましい限りです。

その瞳で見てきた全てのものに

死期が近づくと猫は人間の見えないところに行くと言われている。だけどうちの子はそんなことなかった。

もう二十歳で、人間の歳《とし》にすると九十六歳にもなるうちの子ティコろんは、その歳になってもわがままで甘えた猫で、ずっと私たちのそばにいた。

ティコろんは数年前から慢性腎臓病を患っていた。腎臓病は老齢期の猫での発症が多く、ある報告では十五歳以上の猫の八十一パーセントが慢性腎臓病を患っているという。

だからティコろんの歳であれば、どんなに普段の食生活に気をつけていても、どんなに動物病院で定期的に診てもらっていても、腎臓病になることは、ほとんど自然なことだった。

同じ飼い猫のぷっぷも肝臓病と腎臓病を患っていて、つい半年前に虹の橋を渡ったのだった。あの子は最期までとても強い子だった。

慢性腎臓病は、長い年月をかけて徐々に腎臓の機能が低下していくため、なかなか初期症状に気づきにくい。

腎臓には、身体《からだ》の中で不要となった老廃物や毒素を尿と一緒に排出させる機能や、血液中のナトリウムやカリウムなどのバランスを調整する機能などがある。腎臓が弱って、それらの機能が十分に働かなくなってくると、まず初めの症状として現れるのが、「多飲多尿」である。腎機能が衰えてくると、尿を濃縮することができなくなり、薄い尿を大量にするようになる。それにより体内の水分が不足し、水をたくさん飲むようになるのだ。

だけど、この症状が出た時にはすでに腎機能の半分以上が失われている状態なのだ。

ティコろんは、ぷっぷと一緒に動物病院で定期的に血液検査をしていた。クレアチニンやＳＤＭＡといった数値が高いと腎機能が低下していることが分かるため、多飲多尿になる前、まだ食事もできて自ら歩ける元気な頃から、獣医師の勧めで腎臓病予防を始めていた。

具体的には、水分補給ができるようにウェット系のフードや腎臓に負担がかかるリンやナトリウム、タンパク質を控えた療法食を与えたり、複数の水飲み場を作り、まめに水分補給ができるようにしたり、飲み薬を与えたりしていた。

グルメなティコろんは、美味《おい》しくないご飯は食べてくれない。鼻先でクンクンして、一口舐《な》めてみて興味がなかったらプイッとそっぽを向いてしまう。

獣医師と相談しながら、腎臓に負担がかからないフードをあれこれ探した。

そうして腎臓病の予防をしたり、進行を遅らせる処置をしていた。


それでも腎臓病は進行していくもので、一年半ほど前からは食欲がなくなってきてしまい、体力も落ちていき、一日中同じ場所で寝ていることが多くなってきた。

当然、体内の水分量も減っていて、それによって腎臓病の進行をさらに早めてしまうことから、水分を補うため毎日、自宅で点滴をすることになった。

動物病院で獣医師に点滴方法を教わり、その夜から自分たちでティコろんに点滴することになった。

一日の足りていない水分量を、輸液剤として皮下点滴で体内に取り込むのだ。だけど、その輸液剤が多すぎると、今度は肺に水が溜《た》まってしまうこともあるようで、量は様子を見ながら決めていくことになった。

皮下点滴というのは、言葉通り皮膚の下に点滴をするもので、猫の首筋の皮膚をつまんで、そこに注射針を刺して点滴をする。

　点滴方法は獣医師から三つ教わった。一つ目は高いところに輸液剤を設置し、そこに直接、管を通し、翼状針という針を皮下に刺して点滴をする方法。人間がする一般的な点滴のイメージに近い方法だ。翼状針は針が細く刺しやすく、刺した後にも部位がズレないメリットがある半面、輸液剤の投与には、ポタポタと一滴一滴、点滴していくので十分くらいかかる。

　二つ目は必要分の容量を輸液剤から注射器に移し、直接注射針を刺して投与する方法だ。翼状針と比べ針は太く、刺した後も部位がズレないように気をつける必要があるが、注射器から直接注入するので、投与時間は三十秒ほどと、大幅に短縮することができる。

　そして最後の方法はこれら二つを掛け合わせた方法だ。輸液剤から注射器に必要分を移し、皮下注射する際には、翼状針を利用する、といったものだ。翼状針なので皮膚に刺しやすく、注射器から投与するので時間も掛からない。一方、片手で翼状針を押さえ、もう片手で注射器を持つ必要があり、両手が塞がってしまうのがデメリットだ。

　獣医師は、素早く済ませられる二つ目の方法を勧めてきたが、太い注射針をティコろんに刺せる自信がなく、まずは、一つ目の方法で行うことにした。

　輸液剤が体内に素早く吸収できるように、電子レンジで少しだけ温める。ティコろんが逃げ出さないように、クッションの上に寝かせる。輸液剤と翼状針の準備ができ、いよいよティコろんに針を刺す。細い針とはいえ、針には変わりない。

獣医師に言われた通り、ティコろんの首筋をつまみ、そこに針を刺した。ティコろんはビクッと身体を震わせた。痛かったのだろう。ごめんね、と謝る。

ティコろんが逃げ出さないように優しく押さえながら、点滴が終わるのを待った。


そうして食事療法と点滴による水分補給、それから飲み薬での治療を続けていたのだけど、三ヶ月前には、ついに動きが見るからに鈍くなってきて、身体もかなり痩せ細ってしまった。皮下注射するにも骨と皮だけで、針を刺した先から貫通してしまうのではないかと思うぐらい脂肪がなくなってしまった。

ティコろんに極力負担がかからないよう点滴方法を変えたり、飲み薬を細かく砕いて投与したり、獣医師とも相談しながら色々試した。


そして四日前の夜。もうほとんど食事もできなくなっていて、もうほとんど歩くこともできなくなっていて、お気に入りのソファでほとんど一日中寝ているティコろんが、ヨロヨロと歩きながら私の布団のもとにやってきた。そして私を見ながら、小さく鳴いた。久しぶりに聞いたティコろんのその鳴き声は、とても心細く、とても切なく、とても甘えていた。

「ティコろん。どうしたの？　痛いの？　大丈夫？」

少し歩いただけで疲れてしまったようで、ティコろんはその場に、ころんと倒れてしまった。


息が荒くなっていた。


それからティコろんは動けなくなってしまった。食事も水分も一切摂《と》れなくなってしまった。お気に入りのソファの上に寝かせてあげてるのだけど、もう視点が定まらずに、どこか虚《うつ》ろな目で空間を見つめていた。息もすごく荒く、時折、苦しそうに咳《せき》もしていた。

獣医師に連絡して容態を伝えたところ、もう長くて二、三日ではないかと言われた。

いつか、この時が来ると分かっていた。だけど怖かった。半年前にもぷっぷを亡くし、また同じことが起こると思うと苦しかった。

ティコろんの苦しそうな顔を見る。

ご飯を食べて欲しい。だけど無理にあげて身体の負担になって欲しくない。水を摂って欲しい、皮下注射だけでは水分が圧倒的に足りていない。

寒くないように毛布をかけてあげる。

何もできない。

ただ見守ることしかできない。だけど、それすら、ティコろんのそばに人がいることですら、猫にとっては負担になってしまうのではないか。

どうしたらいいのか分からなかった。

会社を休み、ティコろんから少し離れたところで見守る。今までは甘えたのティコろんの方が、私のもとにやって来てくれるのに、今はもう動けない。

夜が明けて、息をしていなかったらどうしようと不安になる。

だけど一緒に寝て、寝返りでも打ってティコろんに当たってしまったらと思うと、そばにいることすらも躊躇《ためら》う。

今思えば、あの夜、ティコろんは最後の力を振り絞って私のもとに来てくれたのかもしれないと思った。

二十年間、一緒に過ごした思い出が蘇《よみがえ》ってきた。

ティコろんは前足を怪我《けが》して捨てられていた。獣医師に「足の傷が深くて、野良猫としてやっていくのは厳しいですね」と言われ飼ったのだけれど、元気に育った。

いつもお兄ちゃんのぷっぷと仲良く暮らしていた。ふたりでべったり寄り添って寝ていた。半年前にぷっぷがいなくなった時、ティコろんは動かなくなったぷっぷを見て、鳴いていた。

グルメな子だった。鶏肉《とりにく》を食べたくて水炊きしていた鍋に手を突っ込んでいた。フライドチキンも好きだったな。匂いだけですぐに反応して「くれくれ」言っていた。

窓の外を見るのが好きだったな。空や鳥を見て過ごし、眠くなったら丸くなって寝ていた。

またたびも大好きで、爪研ぎ板にまたたびを振りかけてあげると、まるでお酒を飲んだように身体に擦《こす》り付けて喜んでいた。

ひとりでいることが嫌いで、いつも目の届くところにいたっけ。

ティコろん、そばにいるからね。痛いけど、苦しいけど、頑張って。

身体が冷たくなってきていた。なんでもいいから食べられるもの、水分が摂れるものを与えてあげてと電話で獣医師に言われた。

大好きなスープ系のウェットを鼻先に近づけたものの、ティコろんは口にしてくれなかった。ささみを湯掻《ゆが》いたものやマグロを口元に持っていったけれど、やはり食べてくれなかった。

それから、フライドチキンをデリバリーで注文した。

ティコろんの身体のことを思って、小さい時以来ずっとあげていなかったフライドチキン。匂いだけですぐに反応したフライドチキン。これだったら少しは食べてくれないかと期待した。

とにかく今は何か食べてもらわないと。

衣の部分を剥《は》がした鶏肉を鼻先に持っていく。クンクンと匂いを嗅ぐ。そして、舌を出し、ペロリと鶏肉を舐《な》めた。だけど、それだけだった。食べてはくれなかった。

そうして皮下点滴だけ続けて三日が経《た》った。

ティコろんは苦しそうに全身で息をしている。でも、その息も荒さはなくとても静かな息になっていた。

だらりと出した手を優しく握ってあげる。

ティコろんは虚ろな目で私を見つめた。

そして、見つめたまま、静かに息を引き取った。

私たちのそばにずっといてくれて、ありがとう。

街のヒーロー

一晩中降った雨は、普段静かな川の水かさと水流、そして川の色を変えた。

天気予報では台風級の大雨と事前に言われていたし、午前中には不要不急の外出を控えるようにと市からもアナウンスがされ始め、昼頃には多くの企業や学校が帰宅を促していた。

私も昼過ぎには会社を早退し、その足で保育園に娘を迎えに行った。

小雨程度だった雨も、娘を車に乗せ帰路につく頃には大粒の雨に変わっていた。

途中、スーパーマーケットに寄ろうとも思ったけれど、幹線道路が渋滞し始めていて、帰宅も怪しくなったのでそのまま帰った。

冷蔵庫の中のありもので夕食を作り、テレビの気象情報を見ながら娘と食事を済ます。外からバケツの水をひっくり返したような激しい雨音が聞こえてきた。

横殴りの雨なのかベランダの窓にも雨が当たっていた。

それを見た娘が雨粒をなぞりながら「外に水玉たくさんあるよ」と、普段と異なる天候や母親の行動に、はしゃいでいた。

それから娘をお風呂に入れて寝かしつけると、早退して溜《た》まっている仕事を少し片付けた。

静かな部屋に雨音だけが、時折、風とともに大きな音で、そして時には静かに響いていた。

翌朝には、昨晩の雨が嘘《うそ》のように空には晴天が広がっていた。

テレビのニュースを見ると上流付近では土砂崩れがあったらしく、山間の村が孤立しているようだった。河川の氾濫が起こっている地域もあり、激しい雨だったことが窺《うかが》える。

私たちの住む市街には特段目立った被害はなかったようだった。

休日の土曜日。私は娘とともに昨日寄れなかったスーパーマーケットに行くことにした。

昨日行こうとした店とは異なり、自宅から歩いて十分の近所の小さなスーパーだ。娘と手を繋《つな》いでスーパーに向かう。

その道すがら橋の周りに人だかりができていた。

近寄ってみると、普段透き通った水が、清らかにそして静かに流れている小さな川が、小さな橋の欄干に触れそうな高さまで濁った水となり、激しく流れていた。

娘の手を強く握る。

「危ないから近寄っちゃダメよ」

娘は「うん」と言った。しかしその直後、「あ」と橋の方を指差し、「猫さんがいる」と言った。

娘の指差す方向を見ると、橋の上と、橋の横に人だかりができていて娘の言う猫などは見えない。

それでも娘は「あそこに猫さんがいるよ」と指を向ける。

「どこにいるの？」娘の横にしゃがみ込んで改めて見てみると、人垣の足の合間を縫うよう橋が見えた。そしてその橋を支える橋脚の付け根部分に猫がいるのが見えた。

「猫さんどうしたの？」

「登れなくなっちゃったみたい」

流されてきたのか、橋の上から落ちたのか、どうやって橋脚にたどり着いたのか分からないが、猫は行き場を失って助けを求めて鳴いていた。

まだ身体《からだ》の小さい子猫のようだ。三毛猫柄をしている。ところどころ泥をつけているし、身体も濡《ぬ》れているようだ。もしかしたら親猫とはぐれてしまったのかもしれない。自然と娘の手を握る力が強くなる。

子猫は怯《おび》えたような不安な目で、橋の上の人間に向かって助けを求めている。

子猫のいる橋脚までは大人が手を伸ばしても届きそうにない。下からボートで引き上げれば救出できそうだが、川の流れが早くボート自体が流されてしまうだろう。

その間、子猫は橋脚の上を左右に歩きながら、どこか飛び移れる場所がないか探している。

「ダメだって！　危ない危ない」

「動いたら落ちちゃうよー」

人々は思い思いに感想を呟《つぶや》いている。

中にはスマホで動画を撮影している人もいた。

子猫はすがるような目でこちらを見た。

「猫さん、こっち見てる」

にゃーにゃーと小さな声で鳴きながら、私もしくは娘の方を見ている、ように思えた。

ごめんね、何もしてあげられないんだよ、と心の中で思う。それでも子猫は不安そうな目で訴えかけてくる。

「ママー、猫さん助けてあげて」

「ママじゃどうすることもできないんだよ」

改めて人だかりを見ると、警察官の姿を見つけた。騒動を聞きつけて近所の交番から自転車でやってきたのだろう。

だけれども救出する術《すべ》がなく、人だかりの交通整理をするのが精一杯のようだった。

橋の周りの人だかりも多くなってきており、それもあってか子猫はさらにパニックになって動き回っている。

右往左往しながら目を潤ませ助けを求める。

するとワゴン車型の消防車がやってきて、中からオレンジ色の服を着た男女二人の消防隊員が降りてきた。女性隊員は警察官に近寄り話をしていて、もう一人は柵から身を乗り出して子猫の位置を確かめていた。また、ワゴン車にも男性隊員が運転手として待機していた。

消防隊員同士で何やら言葉を交わすと、警察官と話していた消防隊員が消防車に戻り、柄の長い虫取り網のようなものを持ってきた。

群衆から期待を込めた歓声が上がる。

子猫の位置を確かめていた隊員が網を受け取り、橋の下へと伸ばしていく。

しかし、群衆の期待とは裏腹に、子猫は警戒するように前屈《まえかが》みの姿勢になり、伸びてくる網をじっと睨《にら》んで警戒し出した。さっきまでの不安な鳴き声もなくなり、吠《ほ》えるように網に向かって鳴いている。網が子猫の位置まで降りると、子猫は網とは反対の場所に逃げ、距離を取って網をじっと睨んでいる。

「完全に警戒されとんなー」

「網じゃ無理だろ」

群衆からはネガティブな意見が聞こえてきた。

網の移動に合わせ、子猫は逆の方向に走って逃げる。橋脚の足場もそこまで広くないので、足を滑らせないか不安になる。

網から逃げようと子猫は橋脚から飛び出す体勢へと変わる。群衆から悲鳴が上がった。依然、橋脚の下は濁流だ。川には掴《つか》まるものなど何もない。

「猫さん、飛んじゃう！」娘も叫んだ。

咄嗟《とっさ》にスッと網が上げられる。消防隊員も子猫が危険と判断したのだろう。

隊員同士が再び話し合いを始める。橋脚の位置を確かめたり、柵の付け根を見たりし、指を差しながら確認している。そして一人が素早く車に行き、ロープや金属製の部品を持ってきた。車に待機していた隊員も出てきたようである。

子猫はというと、また不安そうな目に戻っていた。そしてその目で群衆に向かって訴えかけながら鳴いている。

女性隊員が自分の身体にハーネスのようなものを素早く取り付け、さらに金具を使って器用にロープとハーネスを接続させている。それから手際よく柵の付け根部分にもロープを結びつけた。

男性隊員も橋の縁のコンクリート部分や手すりに毛布を当てがい、ロープが擦れないようにしている。

彼らは一切の無駄のない動きで、あっという間に救助態勢が整った。

女性隊員がそのまま橋の柵を乗り越え、最終取り付けと最終確認をすると、掛け声とともにスルスルと下降していった。

橋脚には人間が乗るほどの足場はないのだけれど、その縁に軽やかに足を着地させる。そしてそのまま縁を滑るように移動して子猫に近づいた。

子猫は網の時と同様に、警戒して距離を取り前傾姿勢で隊員を睨んだ。

隊員は猫の扱いに慣れているのか、それ以上は子猫に近づかずに横移動をやめた。そして子猫の目線の高さに合わせるように、ゆっくりと水面ギリギリまで身体を横に倒した。

すると子猫は次第に警戒心を緩めるように前傾姿勢を解いていきその場に座った。リラックスしているとまではいかないが、目つきも先ほどと比べだいぶ穏やかになった。

女性隊員はタイミングを見計らいながら徐々に近づいていき、そっと子猫を抱いた。

群衆から歓声が上がる。

「猫さん、助かった！」娘が言う。

「猫さん、よかったね。抱っこされてるよ」

歓声で飛び出さないようにしっかりとホールドしたまま、掛け声をかけると、橋の上で待機していた男性隊員二人があっという間に女性隊員を引き上げていった。

女性隊員が橋に上がると、盛大な拍手で隊員たちは迎え入れられた。

娘とともに彼らに拍手を送る。本当に見事な救出劇で、見惚《みと》れるほど洗練された動きだった。

警察官は、人だかりを整理し、混乱を招かないようにしている。

消防隊員は、毛布で子猫を包《くる》むと、素早く撤去作業をしている。

そして群衆はちらほらと散り始めていく。

「ママー、よかったね」

「よかったね。スーパーいこっか」

「うん」

街のヒーローたちに再度、私は心の中で拍手を送った。

そして娘の手をしっかりと繋ぎ、スーパーへと向かった。

たった三年で

テレビで〝猫屋敷で白骨死体発見〟のニュースを見た時には、とても他人事《ひとごと》とは思えなかった。白骨死体が、例えばその家の住人による孤独死によるものなのか、もしくは全く別の他殺体によるものなのか、ニュースでは明らかにされていなかったが、もし前者であれば、北陸の実家に一人で住む母親がまさにそうならないか日々心配している。

母親はセルフネグレクトの末、家がごみ屋敷と化し、さらに多頭飼育崩壊を起こしている。

きっかけは三年前の父親との死別である。父は母より三歳年上だったので、先に逝ってしまうのは自然の摂理なのかもしれない。最期は特段大きな病気にかかることもなく、認知症にもならずに、老衰で安らかに亡くなっていった。大往生だっただろう。

父親がいなくなってから、母親は次第に無気力になっていった。学生の頃から知り合いだった二人は実に半世紀以上の人生を共にしていた。その伴侶がいなくなってしまったのだから、その悲しみは計り知れないだろう。

父親との死別によって、母親が精神的に不安定になってしまうのではないかと感じ、二週に一度、週末に埼玉の自宅から北陸まで車を走らせ様子を見に行った。

初めのうちは、雰囲気が暗いなと思う程度であった。母親自身、気持ちの整理ができていないのか、父親は今は出かけているだけで、まだ生きていると思い込んでいることもあった。

それが三ヶ月を過ぎた頃から徐々に異変が起き始めた。

いつものように二週間ぶりに実家に帰ると、家のキッチンと居間が泥棒にでも入られたかのように散らかっていた。お菓子の包装紙や箱、紙ごみ、新聞やチラシなどが散乱していたのだ。さらに水回りも洗っていない皿が積まれていた。本人の身体《からだ》からも饐《す》えた臭いがしていた。

本人に聞くと、これがいつも通りだという。あまりにも散らかっていたので、本人に代わってごみを捨てようとすると、「それはいるもんなんだよ！」と急に怒鳴られてしまった。だからその日は明らかにごみと分かるものだけを捨て、皿を洗い、風呂を沸かし母親に入ってもらった。

それからさらに二週間が経《た》つと、新たな問題を起こしていた。実家に行くと一匹の猫がいたのだ。家に入った時、家中から糞尿《ふんにょう》の臭いがしたのはそのせいだった。身体は痩せ細っていて、目ヤニをつけた白と黒と黄色の三毛猫。去勢もしていなく、病気も持っていそうな成猫だった。野良猫だろう。

母に尋ねると家の庭に入ってきたらしく、お腹《なか》を空《す》かせてそうだったので、家に入れて食べ物をあげたら棲《す》みつくようになったらしい。

母親はその猫を「たま」と呼んでかわいがっていた。日を追うごとに家が散らかり、無気力になってきていた母親に、猫を飼うような管理能力はないと分かっていた。ただその一方で、無気力の原因が伴侶を亡くしたことによるのは明らかで、母親には気晴らしに会話ができるような親しい交友関係も、暗い気持ちを忘れさせてくれるような夢中になる趣味も持ち合わせていなかった。

また、自分自身も来年大学受験を控える娘のことや職場の関係から埼玉の自宅から離れるわけにもいかず、結局のところ実家で一人で暮らしている母親の心の拠《よ》り所《どころ》として猫が必要なのではないかと思ってしまうと、無下に猫を自然に戻せとは言えなかった。

さらに母親自身は料理をするのが億劫《おっくう》になってしまったようで、食事をほとんど摂《と》っていなかった。宅配弁当の利用を提案したが「自分でやるからお前は何も言うな！」と拒絶されてしまい、もうしばらく様子を見ることにしたのだ。

だが、それらの判断がより事態を悪い方向に持っていってしまった。


次に実家を訪れた時には、猫は三匹に増えていた。いずれも痩せ細った成猫で腹を空かせたような飢えた眼差《まなざ》しでこちらを物欲しそうに見ていた。母親はどの猫も「たま」と呼んでいた。オスが二匹、メスが一匹。

母親自身は以前にも増して痩せ細っていた。本人に聞くと食事は二日に一回しか摂っていないという。風呂も一週間に一回入るぐらいで、家もごみが大量に溢《あふ》れかえっており、生ごみ、猫の糞尿、さらに母親自身から漂う体臭で、異常な生活環境だった。

明らかなセルフネグレクトだった。

セルフネグレクトとは、自己の衛生や健康行動を放任してしまうことで、日本語では「自己放任」あるいは「自己放棄」と訳されている。病気や入院、身内の死去などの環境の変化により、生活すること自体に興味を失い無頓着になり、次第に食事がおろそかになったり、風呂に入る頻度や歯磨きをすること、服を着替えることなどが少なくなっていき、不要必要の判断も手間になりごみが溜《た》まったり、または物を溜め込むようになったりして家がごみ屋敷と化していく。さらには無関心による家の無施錠から、野良猫が自由に入り込んで棲みつくことがあったり、寂しさからなのか、収集癖からなのか猫を拾ってきてしまう。猫の糞尿によりますます家の衛生環境は悪化し、去勢も不妊手術もしてなければ、どんどんと子猫が生まれていき、自分の食事も猫の餌やりもままならず、最終的には多頭飼育崩壊として、生活が破綻してしまう。

母親がまさにそれだった。母親を含めセルフネグレクトの方は手助けを拒む傾向もあった。いくら家を掃除しようとしても、「これはいるもんだから勝手に触るな！」と怒鳴り出し、食事の心配をして宅配サービスを提案しても「お前に強制される必要はない！」とまた怒鳴られる。

できることとしては、猫を動物病院に連れていき、健康診断とワクチン接種、去勢・不妊手術などをすること、それから母親と猫たちの食事や生活費代を置いていくことぐらいだった。

だがそれも次に家に行くと、家は以前よりもごみで溢れかえり、猫の数も増える一方で、こちらの貯金も減っていくばかりだった。

セルフネグレクトという言葉を知ったのは、母親がその言葉通りの人物になってしまった後のことだった。

もう少し早い段階で知っていれば、その対処方法も変わっていたかもしれない。

正確な数は把握できていないが、今や猫は三十匹近く棲みついてしまっている。

この三年で母親の姿はめっきり変わってしまった。痩せ細り、腰が曲がり、体臭がひどく、虚《うつ》ろな目でこちらを見ている。

介護サービスを提案しても「いらない」と拒否され、地域の支援センターに相談したくても「必要ない」の一点張りが続いており前に進めずにいる。

いつか家に帰った時に、大量の飢えた猫に囲まれて、母親が息絶えていたらと思うと心配で仕方がない。なんとかしたいが何もできない日々が今も続いている。

「たま」と名付けられた無数の猫は餌を求め、飢えた目でこちらに訴えかけ続けていた。

気になる

ジーーーーーーーーー
猫は、それを見ている
ジーーーーーーーーー
一体、なんなのだろう
ジーーーーーーーーー

そろりと、一歩近寄る

ジーーーーーーーーー

首を傾《かし》げながら、見る

ジーーーーーーーーー

すぐ逃げ出せる体勢で

ジーーーーーーーーー

そろりそろりもう一歩

ジーーーーーーーーー

ちょいちょい、ちょい

ジーーーーーーーーー

そっと手を出してみる

ジーーーーーーーーー

だけれど、変化はない

ジーーーーーーーーー

猫は、それを見ている

ジーーーーーーーーー

突然聞こえてきた音を

ジーーーーーーーー

微動だにせず見ている

ジーーーーーーーー

冷蔵庫から、聞こえる

ジーーーーーーーー

と、唸《うな》っている異音を

ジーーーーーーーー

猫はただただ見ている
ジーーーーーーーー
と、なっている異音を
ジーーーーーーーーー
猫はずっと見つめてる

都市伝説『猫被村』に迫る！

「猫被村《びょうひむら》」を知っているだろうか。その言葉だけがインターネット上で語られており、存在が証明されていない謎の村のことだ。

日本には、因習と呼ばれる悪《あ》しきしきたりが現代まで継承され続けている閉鎖的な村や地域が存在する。

猫被村もその一つだと言われており、この令和の時代の日本に生贄《いけにえ》文化があるというのだ。

私はインターネット上にある情報をもとに猫被村の場所を徹底調査し、ついに猫被村と思《おぼ》しき場所を特定した。そして現地に赴き、村人への取材を敢行したのだ。

果たして猫被村は存在するのか？　今回は猫被村の真相に迫っていく。

なお、この執筆記事の掲載が私の生還証明となるので、安心して読んで欲しい。

そもそも猫被村は存在するのか？

インターネット上の情報を整理すると、猫被村の所在地には次の特徴が挙げられる。
・雪の降らない地方にある
・県名の最初には母音がつかない
・三十年前に村として設置された
・ローカルバスに乗って村の入り口まで行ける
・村には子供がいない
・村の中央には大きな宗教施設が建てられている
・ダム建設によって村は沈められた
などだ。

これらの情報をもとに、地図アプリを使って猫被村を探し、それらしき候補地を見つけては現地に赴いたがことごとく外れだった。

そんなことを半年続け、ある二つの仮説を立てた。一つ目は、猫被村は初めから存在していないということだ。インターネット上で作り出された架空の村なのではないか。もう一つはその存在を隠すためのフェイク情報ではないかという説だ。前者であれば、記事はここで終わってしまうので、後者の説を検証してみることにしたのだ。

先ほど挙げた猫被村の特徴を全て反対に読み解いてみた。「雪の降らない地方にある」なら「雪の降る地方にある」とし、「三十年前に村として設置された」であれば「三十年前に村は抹消された」といった具合だ。

「猫を被《かぶ》る」という村の名前も、本性を隠しているという意味合いから、真逆の意味というのは割と合っているのではないかと思った。

それで洗い出した候補地を六箇所に絞った。

だが調査は難航した。本命だった一箇所目に始まり、五箇所目まで全て外れだったのだ。六箇所目も期待できず、調査は振り出しに戻るかと思っていた。

しかし最後の候補地へ向かい、村人らしき人物を見た瞬間。ここが猫被村だと、確信した。

具体的な場所の公開は差し控えるが、猫被村はある地方の山奥にあった。車では直接行けず、国道から山道に逸《そ》れ、さらに獣道のような整備されていない道を登り、携帯電話の電波も入らないところに、その村はあったのだ。

これは物陰から撮影した村人の写真だ。少々分かりにくいが、手前の一人、奥の二人とも、全身、猫の着ぐるみを着ているのが見て取れるだろう。実に奇妙な光景だ。村の名前の「猫被」とは猫の被り物のことなのだろう。

私はカメラ撮影に夢中だったのか、背後の気配に全く気がつかなかった。

突然肩を叩《たた》かれたのである。

振り向くとそこにはやはり全身、猫の着ぐるみを着た人が立っていた。近くで見てもその着ぐるみの造形は非常にリアルで、毛並みはもちろん、頭部の目、耳、鼻、口に髭《ひげ》、全てが精緻に作り込まれており、本物ではないかと疑うほどだった。大きさは人間サイズで、到底、本物の猫ではないのだが。

その着ぐるみ猫は「こんなところで、そんな格好して何してるんだ。捕まってしまうよ」と私に向かって言った。猫の被り物は、口も動かず、瞬《まばた》きもせず、ただただ感情のない大きな眼玉《めだま》で、こちらをじっと見ながら、さらに「ここは来てはいけない。早く帰りなさい」と言った。そして少し間を置いてから「……でも、もしこの村を見学したいのなら、こっちにおいで」とも言ったのだ。

フリーライターである私にここで帰るという選択はなかった。向こうが勧めてくれるのだから遠慮なく見学させてもらうことにした。

「見学する前に、ここでこれに着替えて欲しい」

渡されたのは村人たちと同じ猫の着ぐるみ一式だった。

「そこに小屋がある。風呂もあるから顔を洗い、髪も身体《からだ》もしっかり清めてから着るように」と掘っ立て小屋を案内された。

さらに「それから、着ぐるみはしっかり蒸れやすいから、小屋の中にある香水をふりかけ、クリームを身体にたっぷりよく塗り込んでくれ」と言われた。

奇妙なことを要望するなと思いながらも従うことにした。

着ぐるみの着心地は悪くなく、被り物の方は鼻の穴から外が見えるようになっていて、視界もしっかり確保されていた。

「さあ、こちらにおいで」

小屋を出ると、先ほどの着ぐるみ猫がじっとこちらを見ながら立っていた。本来、鼻の穴から覗《のぞ》いているのだろうが、どうしても作り物の猫の眼玉の方に、目が行ってしまう。ガラス玉の中にある黒い瞳から視線を外せなくなる。

村の中心となる通りを歩く。通りにいた村人十数人は皆、猫の着ぐるみ姿であった。

私も彼らと同じ姿であるのに、まるで部外者であるのが分かっているのか、彼らからはねっとりとした警戒する視線を感じた。

村の外れには、小さな——プレハブ小屋ほどの大きさの——神社が立っていた。清掃が行き届いていて、とてもきれいな神社であった。

そこには猫神様が祀《まつ》られているという。

「さぁさ。猫神様へご挨拶を」と促され、参拝した。その後、着ぐるみ猫の誘導で、拝殿奥の座敷に案内された。六畳ほどの広さに、座椅子とテーブルがあるだけの殺風景な場所だった。

着ぐるみ猫は、親切にもこの村について説明してくれるというのだ。これは売れる記事が書けるだろう。私はフリーライターである身分を隠し、話を聞くことにした。

着ぐるみ猫と向かい合うように座り話を聞いた。

彼の話によると、明治か大正時代の頃、この村に、人間ほどの大きさで二足歩行をする猫が現れたそうだ。ちょうど着ぐるみ猫のような姿の猫であった。

その猫は言葉を話し、当時村で流行《はや》っていた病を一瞬で治したのだという。

その日から猫は猫神様として村人に崇《あが》められたのだそうだ。使われていない民家を猫神様に提供し、村ではできる限りのおもてなしをした。

だが翌朝、村人の一人が、身体中喰《く》い千切られた無惨な姿で発見されたのだ。

猫神様は「人間は最高のご馳走《ちそう》だ。これからも病を治す。だから褒美をもらうに値する」

と言ったそうだ。

病は治して欲しいが、村人を犠牲にしたくはない。

村人は考えた末に、ある西洋料理店を開業することにしたのだそうだ。

そのレストランは猫神様へ捧《ささ》げる生贄を誘《おび》き寄《よ》せるために作られ、名を「山猫軒」と言った。山にやってきた猟師を巧妙な手口で料理にしては、猫神様のもとへと届けたのである。

その際、村人たちは身なりを隠すために猫の被り物と猫の着ぐるみを着たのだ。

猟師がしっかり料理されてくれているか、扉の鍵穴から猫の青い眼玉をギョロギョロと出してはその様子を覗いたそうだ。今の被り物は鼻穴から外が見られるが、当時の被り物は目の部分から見ていたようだ。

そんなある日、一人の青年が山猫軒にやってきたそうだ。その青年は頭が良く、村人たちのしていることに気がつき、喰い損ねて逃げられてしまったという。

その青年の名は賢治《けんじ》と言い、賢治は自身の経験を小説にして出版したらしい。

初めは全く売れず村人たちも気にしていなかったのだが、昭和になるとその小説を含む賢治の本はあまりにも有名になりすぎて、山猫軒で生贄を誘き寄せることができなくなってしまったそうだ。

そんな時に、また不思議なことが起こったという。

忽然《こつぜん》と猫神様が消えてしまったそうだ。それどころか山猫軒も、猫神様が住処《すみか》としていた民家も、村人が着ていた着ぐるみ一式も全てきれいさっぱり消えてしまったという。化かされたように何もなくなったのだが、村人たちの記憶にはしっかりと残っていた。村人たちは猫神様の祟《たた》りがあるのではないかと怯《おび》えた。どこかで村人たちを見ていて、隙を狙って襲ってくるのではないかと。だから村人たちは猫神様から自分たちの姿を隠すために、常日頃、猫の着ぐるみを着て身を隠すようになったのだそうだ。

そして猫神様がお怒りにならないよう、神社を作り、祀り、今でも生贄を捧げているのだという。

新聞広告や電話、雑誌、それに今はインターネットも使って、村の情報を流しては、興味本位で村にやってくる村外者を生贄として捧げるそうだ。

猫の被り物を着た村人は、これらのことを淡々と説明してくれた。作り物の猫の眼玉は不気味にこちらを見ていた。

そして村人は「色々説明が長くてうるさかったでしょう。お気の毒でした。もうこれだけです。どうかその着ぐるみをここで脱いで、そこにある塩壺《しおつぼ》にお入りください」と言った。

私はそこで初めて自分が今まさに生贄に選ばれていることに気づいた。

窓の外には、猫の被り物を着た何人もの村人たちが、不気味な大きな眼玉でぎろりとこちらを見ていた。

逃げるにはもう遅かったのだ。


という内容の原稿データが保存されていたパソコンが、とある県境に乗り捨てられていた車の中から発見された。

原稿に書かれた内容を元に、周囲を捜索したが、行方《ゆくえ》不明者の記者はおろか、神社や集落のようなものは一切見つからなかった。

短い揺れ

不快な警報音が大音量でスマホから流れた。緊急地震速報だ。直後、カタカタとモノが静かに揺れ始めた。静止して揺れの度合いを判断しようとする。大きいのが来る？

そう思った直後、ガタンと縦に激しく揺れた。やばい、大きい！

対処するまもなく、テーブルの上に置いていたコップが床に落ちて割れた。

食器がカシャカシャなっている音が聞こえる。遠くで何か落ちた音もした。

やばい。危ない。ピクシーは？　どこ？

「ピックー！」どうしたらいいか分からないまま部屋を見渡す。

「ピックー、どこ？」また何か落ちた音がした。

程なくして揺れが収まった。その場から動けず、状況をゆっくりと呑《の》み込もうとする。もう大丈夫……？

びっくりした。こんなに大きな地震久しぶりだった。

目の前にテレビのリモコンがあったので、それを手に取り、テレビをつけると、ちょうどバラエティ番組からニュース速報に切り替わった。震度四。震源地では震度五強となっている。大きかった。

ピクシーが見当たらない。

「ピックー？　ピックどこー？」

キャットタワー、カーテンの裏、お気に入りのキャットハウス。どこにもいない。身体《からだ》の小さな子猫だから、どこか家具の隙間に隠れ込んでしまったのかもしれない。

「おーい。ピクシー？」

ベッドの下を覗《のぞ》くと、ピクシーはそこにいた。いつでもすぐに走り出せるように姿勢を低くした状態で、そこからじっと動かないでいる。顎を引き、口はへの字、目は点になって、何が起きたのか分からない顔でこちらを見ていた。さらに、耳は横にピンと張った「イカ耳」状態になっている。

怪我《けが》はしてなさそうだ。

「ピクシー、もう大丈夫だよ、出ておいで」

手を差し伸べようとすると、サッと動いてさらに奥へ行ってしまった。警戒しているようだ。

興奮してそうだし、しばらくひとりにさせておいた方がよさそうだと思った。

そういえば、さっきコップが割れたのだった。また地震がきた時、モノが落ちてピクシーが怪我しないよう、家の中を少し片付けるか。

緊急地震速報の警報音に驚いたのか、揺れそのものに驚いたのか、そのどっちなのか分からないけれど、とにかくピクシーは揺れた時すぐにベッドの下に隠れたようだった。

姿勢を低くし、ベッドの下に隠れ、動かないでいる。

これがすぐにできるなんて、地震発生時の行動としては、よくできた猫だ、と思った。

ネコ失踪事件

「ネコ知らねぇ？」

「知らねぇよ。事務所じゃねぇの？」

「事務所にはいねぇべ」

「おかしいな。さっきあそこの狭い道、通ってたの見たんだけんどナァ」

「あぁ、それなら俺も見たぞ」

「じゃ、その後いなくなったんだナ……」


子猫がいなくなってしまった。どこにも子猫がいない。

一週間前、この工事現場に一匹の子猫が迷い込んできたのだ。

梅雨《つゆ》時期の、雨の日の夕方だった。事務所の軒先に子猫が倒れていた。模様なのか汚れなのか分からないほど全身泥だらけだった。やがて作業員が数名集まってきて、どうしたどうしたと騒ぎになった。

「怪我《けが》をしてるんでねぇのか？」とか「野良猫だろ？」とか声があがり、子猫も弱ってそうに見えたため、とりあえず事務所脇の洗い場で全身についた泥を落としてやり、事務所内に入れ、作業員の持っていたフェイスタオルで身体《からだ》を拭いてやった。

子猫は黒と茶二色の毛色が不規則に混ざり合ったサビ柄で、確かにこれでは泥なのか柄なのか見分けがつかなくてもまあ仕方ないと思った。目立った外傷はなく、出血も確認できなかった。子猫の動きから骨折もしてなさそうではあったのだが、全体的に元気がなく、動きや反応も鈍かった。

しかし呼吸だけは早く、苦しそうに小刻みに身体を上下していた。子猫はくぅーんと犬のように一回だけ小さく鳴いた。

もしかしたら長時間、雨に当たって身体が冷えてしまったのではないか？　身体の熱が奪われたことによって、低体温症になったとか風邪を引いているんじゃないだろうか。

フェイスタオルの上で横たわっている子猫の身体を触ると、熱っぽいというより、かなり冷え切っていた。子猫は弱々しい目で見つめてきた。瞳孔が大きく開いていて、あまり焦点が定まっていないのか黒目が揺れている。

この時初めて洗い場の水で洗わずに、事務所内のミニキッチンにある電気ポットのお湯をうまく使って洗ってやればよかったと後悔した。

実家で犬を飼っているという作業員が「なんか食いもん食わせて栄養つけた方がいい」と言ったり、インターネットで対処方法を調べた作業員が「とにかく温めてやれって書いとる」と言ったり、「一番近くの動物病院は今日休診日だってよ」と言う作業員もいて、各々情報を持ち寄り、子猫の体調を回復させようとした。

また別の作業員が近くのコンビニで猫缶とバスタオルを買ってきたので、子猫をバスタオルで包《くる》んでやり、さらに着ていたジャケットをその上から被《かぶ》せてやった。

ジャケットのシャカシャカする音を聞いて、嫌だったのか子猫は少しだけ速い動きを見せたが、やがて受け入れるように横になった。

猫缶の中身を小さな皿に移してやり、子猫の顔の近くに置いた。猫缶はシーチキンのような匂いがして美味《おい》しそうだった。子猫は少しだけ身体を起こし、鼻をくんくんさせていたが、口をつけることなく再び横になった。

子猫は弱々しい目で床を見つめていた。

状況はあまり変わりなかったが、現場作業を一時中断してしまっていたので、本日の工程を終わらせるべく作業が再開された。

子猫は事務所内で持ち回りで気にかけるようにすることになった。

現場に出ても子猫のことが心配で仕方がなかったが、目の前の作業に集中した。

やがて作業が終わり事務所に戻ると、子猫はバスタオルの中で小さく丸まって寝ていた。「雨に当たって疲れたんだろうよ」と子猫を見てくれていた作業員が言った。「さてこの猫、どうすっかネェ」

事務所を閉めなくてはならない時間だ。外はまだ雨が降っている。天気予報では明日まで降り続けるようだった。

本日の工程を終えた作業員がぞろぞろと事務所に戻ってくる。

この時初めて子猫を見た作業員もいて、帰り支度をしながら「段ボールにでも入れて軒下に戻してやれ」と言った。するとまた別の作業員が「さすがにそりゃあかわいそうでねぇか」と言った。

「でもここで飼うわけにもいかねぇべよ」とこれまた別の作業員が言う。

確かにこのまま外に戻すには心苦しい。かといって、誰もいない事務所に置いていくわけにもいかない。

作業員たちの話し声で子猫が目を覚ました。先ほどよりもいくらか回復したように見えたが、それでもまだ元気がなさそうだ。子猫は怯《おび》えるような目で周りの作業員たちを見渡している。やはり元気がないのか、その場から逃げようとはしなかった。

人間が下手《へた》に介入してしまうと野良で生きていけないので、誰も飼えないなら今日このまま戻してやった方がいいだろう。それか保健所に連れていって保護猫として引き取ってもらうこともできるのではないか。ただ、この時間はすでに保健所はしまっているだろうし、仮に保健所に連れていったとしても、その後はどうなるのだろうか。譲渡会のようなものがあって希望する人のもとで飼われるのだろうか。それとも殺処分になってしまうのではないか。詳しく知らず想像ではあるが、一度その考えが頭を過《よぎ》ると、それはあまり良い選択肢だとは思えなかった。

「誰か引き取れるやつはいねぇか？」

作業員の声に、「俺は猫アレルギーだからナァ」とか「うちはペット禁止のマンションなんだよな」や「かわいいんだけどなぁ」と各々口に出しては静かになっていく。

作業員の言っていることは事実なのだからまあ仕方ない。

子猫は何が起きているのか分からなそうに、目を潤ませながらこちらを見つめている。その目を見つめながら考えた。雨が降る外に戻すこと。殺処分になるかもしれない場所に連れていくこと。

そう考えていると、気づくと手を上げていた。

「おぉ、あんた猫飼えんのか！」

飼うかどうかは決めていない。自宅はペット禁止ということもあり、現実的には飼うことは難しいだろう。ただ元気のない子猫をこのまま外に戻すのは心苦しく、一旦夜の間だけでも預かることを提案したのだ。

作業員たちは「それがいい」と口々に言った。さらにケージになりそうな透明なプラケースを別の作業員が持ってきてくれたので、そのケースにバスタオルごと子猫を入れ、車に載せた。

自宅に帰る途中、ホームセンターに寄り、預かるのに必要な猫用品一式を買って帰った。


翌朝、子猫はすっかり元気になっていて事務所内を駆け回っていた。

「猫、元気になったか？」と複数の作業員から言われた。

昼休みに近くの動物病院に行き診察をしてもらった。

獣医師によると目立った外傷もなく健康上は問題ないという。ただ、飼い猫に義務付けられているマイクロチップが装着されていないことから、野良猫か捨て猫ではないかということだった。

また病気を持っている可能性もあるので、早めにワクチン接種をした方がいいと言われた。

休憩時間の関係から、今日は長く時間が取れずに戻ってきたが、近いうちにワクチンを打っておきたい。

事務所に帰って作業員にその話をすると、「そんだら、俺ワクチン代カンパするわ」とポケットからジャラジャラと小銭を掴《つか》んで五百円を手渡してくれた。

それを見ていた別の作業員も「子猫が元気になるなら俺も出すぞ」と五百円玉をくれた。

それから毎日、事務所に子猫を連れてきては多くの作業員にかわいがられるようになっていた。子猫の名前は決まっていなく、「ネコ」とか「ミケ」とか「ジロー」（獣医師にはメス猫と言われているが）とかみんな各々の名で呼んでいた。

子猫は撫《な》でられるのが好きなようで、頭を軽く撫でてやると、笑うように目を細めては腕に顎を近づけてスリスリと擦《こす》り付けてくる。ゴロゴロと喉も鳴らしている。

そんな矢先、子猫が失踪してしまったのだ。

現場作業を終え、事務所に戻ろうとした時に、一人の作業員から声をかけられた。

「ネコ知らねぇ？」

「知らねぇよ。事務所じゃねぇの?」と一緒に戻ってきた作業員が言う。

また他の作業員が駆け寄ってきては焦ったように「事務所にはいねぇべ」と言う。

「おかしいな。さっきあそこの狭い道、通ってたの見たんだけんどナァ」と聞いてきた作業員が言う。

まさか子猫が外に逃げ出してしまったのか。現場は危ないから事務所内から逃げ出さないように作業員が持ち回りで見ていたはずなのだが。

「あぁ、それなら俺も見たぞ」また別の作業員が言う。

「じゃ、その後いなくなったんだナ……」

「あそこの狭い道」と指差された方向を見る。そこには仮設の足場が組まれていた。

あの先は工事現場の外へと繋《つな》がっている。外には大きな幹線道路が走っており、工事現場の入り口付近ではトラックの出入りも激しい。子猫を探しながら狭い足場を歩き入り口までやってきたが、子猫は見つからなかった。

子猫を撫でた時、細い目をしながら気持ちよさそうにする表情を思い出した。

幹線道路は高速道路さながらスピードの速い車が目の前を行き来していた。

現場の外はより過酷だ。野良の生活もしたことのない子猫が生きていける環境ではない。

子猫の安否が心配だ。

一旦事務所に戻ろうと再び狭い足場を歩いていると、「ネコ見つかったぞ！」という叫び声が聞こえた。

声のした方に駆け寄っていくと、作業員がゴロゴロと手押し車を転がしてやってきた。

「駐車場にネコ持ってってったの誰だ、ったく！」

手押し車は作業員に押され事務所前の所定の位置に置かれた。

「ネコはここに置くって決まりだべ。整理整頓だ、整理整頓」

そうだった。工事現場では手押し式の一輪車、つまり手押し車のことを「ネコ」と呼ぶのだった。手押し車のゴロゴロという音が猫の鳴き声のように聞こえることや逆さにして伏せた状態が猫の丸まっている姿に似ていること、持ち手部分が昔は猫の手に似ていたこと、それから「ネコ足場」という狭い足場を通ることができるから、などの理由からネコと言われている。紛らわしい。

では、当の子猫はどこに行ったのだろうか。

「子猫、どこ行ったか分かりますか？」と近くの作業員に訊《き》いてみた。

「んあ？　ネコならここにいんべよ！」

「これじゃなくて、生きてる方の――」

「あー、ジローか。ジローなら事務所だべ」

事務所に戻ると、子猫は元気に駆け回っていた。こちらの姿を確認すると、近くまで寄ってきて遊んで欲しそうに目で訴えかけてくる。

「あんたんこと、親と思ってるナァ」

子猫を抱きかかえ、頭を撫でてやるとゴロゴロと喉を鳴らしながら気持ちよさそうに目を細めている。

逃げ出していなくてよかった。


それからしばらくの間、子猫は自宅と事務所を行き来していたのだが、事務所内もずっと人がいるわけでもなく、それこそ脱走してしまう恐れもあったので、この度、正式に自宅で飼うことにした。

「ジロー、よかったナァ」

「たまにはまた事務所に連れてきてくれよ」


子猫には「のら」という名前を付けた。

第二児童公園の集会

「第二児童公園」には長老がいつもいる。砂の地面の上にぺたんと寝転がりながら毛繕いをしている。

長老の周りにはいつも数匹の猫がいて、長老の話を聞いているのだ。オイラもそのひとりだ。

長老はいつもいろんな冒険話を聞かせてくれる。カラスと戦って勝った話、魚屋からおっきい魚を仕入れてきてくれた話、車の荷台で昼寝をしていたら遠くまで連れていかれてしまった話。

オイラはいつも目を輝かせて長老の話を聞いている。長老はオイラの憧れの存在だ。長老みたいになりたいっていつも思っている。

そんなある日、オイラは長老みたいな大冒険をしたんだ。

下水道の中に落っこちてしまって、その中を探検したんだ。

とっても暗くて臭くて気がおかしくなりそうになったし、ほんの少し歩いたら出口が分からなくなって不安になったりもしたけど、歩いていったら光の先に道路工事のおじさんがいて助けられて外に出られたんだ。


オイラはさっそく「第二児童公園」に行って、下水道冒険記を長老に話したんだ。

長老はうぬうぬとゆっくり頷《うなず》きながらオイラの話を聞いてくれて、「よく無事で帰ってこれたね」と言ってくれた。

オイラよりも先輩の白と黒と茶色の三毛猫からは「これで一人前だな」と言ってくれた。

それからオイラと同じくらいの歳《とし》の、黒と茶色が不規則に混ざり合ったサビ柄の子猫は、オイラが話している時に、終始、目を大きくして聞いてくれて「それで？　それで？」と話の先を聞きたがってくれた。

そんなに身を乗り出して、目玉が落っこちそうなぐらい見開いて聞いてくれるなんて、なんだかオイラも長老になった気がしてすごく嬉《うれ》しかった。

子猫は、「あたしも冒険してみたい！」と、長老が冒険話を話した時と同じように、さらに目を輝かせていた。オイラは憧れの長老に近づけた気がして、うずうずした。

長老が「危ないからよしなさい」と言っていて、先輩猫が「この先に大きな工事現場があるんだ。そこは隠れる場所がたくさんあって面白そうだったぞ」と言っていた。

子猫は「人間もたくさんいそうね！」と、さらに目を大きくしていた。

オイラは、こうやって公園で自由気ままに過ごすのが好きだけど、子猫は「人間に飼われてみたい」と言っていた。人間に飼われるのは何がいいのだろう。

長老も人間に飼われたことはないみたいだった。

人間に飼われている猫はこの近くでもたくさん見る。いつも家の中にいて、窓辺で寝ていたり、家の中を走ったりしている。そんな小さな家の中にいて何が楽しいのだろうとオイラは思う。

その点、オイラはいつだって外にいる。そりゃあ、毎日ご飯を探すのは大変だし、雨風凌《しの》げる場所を見つけるのも一苦労だ。だけど広い空を見ながらのんびりお昼寝できるのは最高だ。人間に飼われている猫にはできないだろう。

集会はお開きになって、オイラは公園の水飲み場で水を飲んで、そのまま公園でお昼寝タイムにした。

いつもの場所で、他の猫たちと適度に距離を取りながら、砂地にぺたんと寝転がった。砂はポカポカしていて温かい。気持ちいい。


ぽたっと水が身体《からだ》にあたって目を覚ました。激しい雨が降りそうな匂いがする。

長老はのそりと起き上がり、公園の隣にある家の軒下へと移動していった。公園の隣の家は本当に最高な場所だ。日中は公園でお昼寝できるし、夜にはすぐに寝床に移動できる。人間に見つかりにくいから朝まで安心して寝ることができるんだ。

それにこうして雨が降った時だって、屋根があるからとても助かる。それからあそこには食料も豊富なんだ。ネズミ、蜘蛛《くも》、カエル、昆虫、なんだっている。

オイラも前に長老に勧められて一緒に軒下に行ったことがある。だけど基本的にはひとりで行動しなさいって長老に言われてて、毎日いるわけにはいかないんだ。

だから、公園の隣の家の軒下は長老猫の特権だ。


先輩猫はというと、急いで駐車場の方に駆けていった。車の下は雨風が防げるのはもちろん、さっきまで動いていた車だと、車の下から隙間に入っていくと、とても温かい空間があるんだ。ここも人気の場所だ。周りの猫たちとよく陣取り合戦になる。

でもオイラはあまり好まない。だって気持ちよく寝てると、いきなり大きな音で、バンバン車を叩《たた》いてくる人間がいるんだ。「猫バンバン」って言われている猫を脅かす方法らしい。人間の考えていることはよく分からない。びっくりするじゃないか。

そして子猫は、長老よりも先輩猫よりも先に、きっとオイラが寝ている間に公園からいなくなっていたようだ。昼に話していた工事現場にでも行ったのだろうか。

雨が激しくなってきた。オイラも移動しなければ。雨は身体が濡《ぬ》れるから好きじゃない。実はオイラは軒下や車の下にも負けない良い寝床を知ってるんだ。前に他の猫がいた形跡があったけど、今は誰もいなそうだったのでオイラが使っている。

ここからちょっと走るから、雨が激しくなる前に移動しよう。長く雨にあたったら風邪を引いてしまう。茂みの道を通りながら雨宿りできる場所を目指した。

石の階段を登ると、そこには木で作った大きな家が立っていた。そこは木々に囲まれていて、車や電車、それから人間の子供の遊び声も聞こえないとても静かな場所なんだ。今だって雨の音しか聞こえない。

ネズミはあまり見かけないけど、昆虫が豊富。それから鳥もいる。オイラは捕まえられたことないけど。

そして、ここの軒下がとても快適なんだ。木材が置かれているのだけど、その隙間に入ると風も来ないし温かく過ごせる。

昼間も快適なんだけど、昼は時々、ジャラジャラジャランと鈴の音と、パンパンと人間の手を叩く音がする時がある。だから夜の方が快適だ。

雨が冷たいし、風も吹いてきた。今夜はここで寝泊まりすることにした。

オイラは下水道での冒険を思い出していた。とても怖かったけど、その経験で長老に近づけたと思うと、自信に繋《つな》がった。

軒下で丸くなり、激しく降る雨をじっと見ながら、オイラはそんなことを思った。

窓辺に

ご主人様が「いってきます」と言って、外に出ていった。ご主人様は僕のご飯代を稼ぐために仕事というものをしているそうだ。

仕事というものがどういうものなのかは分からない。みんなで駆けっこして一番になったらご飯代がもらえるのかな。

毎日、外が明るくなって鳥がなく頃に出かけて、外が暗くなる頃に帰ってくる。でも一日中、家にいて僕と遊んでくれる日もある。

僕はご主人様が帰ってくるまでの間、ご飯を食べたり、昼寝をしたりして過ごしている。それから窓から外を見るのも毎日している。窓の外には目の前に電車が走るための線路がある。

僕はご主人様が取り付けてくれた窓辺にあるキャットタワーに登り、そこから電車を眺めるのが好きなんだ。

電車は僕のご飯置き場がある方向からも走ってくるし、ご主人様の寝る場所がある方向からも走ってくる。電車にはご主人様と同じ人間が乗ってるらしい。だけど電車が速くて人間が乗ってるのを見たことがない。

僕は電車が来るたびに目を凝らして電車の中を見ようと、電車のスピードに合わせて、頭をご飯置き場の方に向けたり、ご主人様のベッドの方に向けたりするけれど、全く見えない。目が回る。

電車を止めようと手を出してみても止まらないんだ。

お日様の陽《ひ》に当たって、電車を見てると、眠くなってしまってそのまま丸くなって寝る。これがぽかぽかして気持ちがいいんだ。

お腹《なか》が空《す》いて目を覚ます。お日様の陽はどこかにいってしまった。

僕はキャットタワーから降りて、ご飯置き場に向かう。ご飯置き場にはご主人様が出かける前に入れてくれたご飯が入ってる。

カリカリしてて、魚の味がして美味《おい》しい。

僕はまたキャットタワーに登り、昼寝をする。

窓の外が暗くなると、ご主人様が帰ってくる。

「ただいまー」

僕は嬉《うれ》しくなって、ご主人様のところまで走っていく。

「良い子にしてたかー？」

にゃーんと鳴くと、ご主人様は「そうか、そうか」と言って、ご飯を入れてくれる。

僕はまたカリカリした魚の味のご飯を食べる。

ご主人様はその後、キラキラ光るものを振ってくれる。僕はそれを捕まえようとジャンプするけど、なかなか掴《つか》めない。

見逃さないようにじっと見つめる。キラキラを目で追ってジャンプするタイミングを定める。

あっちだ！

「ジャンプ！」

掴めない！　こっちだ！

「ほら、こっちだよ！」

捕まえられない。

今度こそ!

「おー、すごいなー!」

やった!

ご主人様はたくさん遊んでくれるし、たくさんご飯をくれるし大好きだ。

「来週のコンペの資料なんだけど、五ページ目の情報を、さっき送ったデータに修正して欲しいんだ」

「最新版なんでしたっけ?」

「そう。今月中旬までのデータになってる」

「分かりました。今日中には修正します」

ご主人様はたまに家で画面に向かって話すことがある。なんでも「会議」というもので、この会議をしている時は、僕と遊んでくれなくて少しさみしい。

ご主人様と画面の間に僕が入ろうとすると、ひょいっと抱き上げられて床に降ろされてしまうのだ。

今日もご主人様は「いってきます」と言って、外に出ていった。

僕は今日もキャットタワーに登って、電車を見る。

電車は手を出してもなかなか捕まえられないし、電車の中も見えない。

今日こそ、電車を捕まえて止めてやるんだ。

僕は電車の動きを見ながら、今だ、という瞬間に手を出した。

すると電車の走るスピードが落ちていき、僕の目の前で止まった。

すごいぞ。電車が止まったぞ。こんなの初めてかもしれない。

僕は止まった電車を掴もうと手を出すけれど、透明な板が邪魔して掴むことはできなかった。

止まった電車の中を見ようと、じっと目を凝らす。

するとそこには人間が詰め込まれていた。ぎょっとした。僕も狭いところは好きだけど、僕が入る箱よりもずっと狭そうだった。

あんなにぎゅうぎゅうに詰め込まれて何をしているのだろう。

電車の中をもっと見ようと、さらに目を細める。

あ！　ご主人様だ！

ご主人様が苦しそうに人間と人間に挟まれている。

そうか。あれが仕事というものなのか。あんなに揉《も》みくちゃにされて、仕事というのは大変そうだな。
僕だったら、隣に他の猫がくっついてきたら、猫パンチしちゃいそうだ。
止まっていた電車がまた動き出した。
僕はご主人様を見ながら、仕事頑張って、と思った。

綿毛

ぽかぽかと、背中でおひさま
春びより
さわさわと、そよ風耳元
くすぐったい
くんくんと、どこからともなく

花香り
虫たちも動き出しては
じゅるじゅるり
口の中が、泳いでる

ゆらゆらり、鼻先に誰かが
ごあいさつ
じるじると、寄り目で正体

見てみれば
ふわりふわりと、飛んでゆく

ちょいちょいと、手をかざせば
するするり、お空の友だちと
踊ってる
ふわふわり、ふわふわり
ゆらゆらじっと、見つめてる

ふわふわり、ふわふわり
ゆらゆらじっと、見つめてる
さらさらと、風にゆられて
消えてゆく

ふわふわの、芝生の上に
横になり
のんびり穏やか

今日も夢ごこち

活字の国のダイナ

アリスがウサギの穴に落っこちていったちょうど同じ頃、アリスの飼い猫のダイナもまた別の穴に落っこちていました。

ひゅーんと落ちていったかと思うと、ふわりふわり浮かびながら落ちてゆき、最後にはまたひゅーんとスピードよく落ちていったのです。

だけど、ダイナは猫なので着地に失敗する心配はありません。しかも夜目が利くので、穴の底がそろそろだということもお見通しでした。白と黒の世界でダイナはくるりと身体《からだ》を反転させると、地面にすとん、ときれいに着地しました。

「なんて深い穴なの!?」

ダイナは驚きました。だって言葉が話せるのですもの。いつもはニャーンとかニャーしか言えないのに、人間のような言葉を発することができたのです。それは穴が深いことよりも驚きました。

「そりゃ、天敵から身を守るためには深い穴が必要なのよサ」

突然、暗がりから女の子の声がしました。穴の広さはダイナが入るのがやっとぐらいの大きさで、他に誰かが入れそうなところはありません。

「アリス？　アリスなの？」ダイナはアリスがいなくなってしまって心細くなっていたのです。

「アリス？　リスはリスでもアリスじゃないジリスなのよサ」

声がした方に向きを変えると、ダイナがちょうど通れそうなくらいの横穴が空いていました。そしてその横穴からぬっと顔が出てきました。

「きゃっ！　ネズミ！」

そこにはダイナと同じぐらいの大きさのネズミが顔だけ穴から出していました。

「ネズミ？　ネズミでもアリスでもないジリスなのよサ」

「ジリスって何よ？　猫と同じ大きさのリスがいるもんですか。それにリスなら樹《き》の上で過ごすものでしょ。土の中にいるネズミみたいなリスをアリスが見たらきっとこう言うわ。〝へんてこりんな蟻巣《ありす》！〟ってね」

「まあ！　面白いこと言うわね。そのリスのお話もっと聞かせてちょうだい」

ジリスは特徴的な前歯二本をシャカシャカ動かしながら笑っています。

「リス？　アリスはリスじゃないわ。人間の女の子よ。あなたと一緒にしないでちょうだい！」

「リスってつくのに、リスじゃないなんて、それこそへんてこりんなリスなのよサ。それならキリギリスもメレアグリスもイギリスもジリスだって、みーんなアリスなのよサ」

ダイナはジリスの言っていることがよく分からなくなってきました。

「もういいわ。だいたい、なぜあなたが猫の私の言葉が分かるのよ。あなた、猫じゃなくてリスなんでしょ？」

「それはあなただって同じなのよサ。ジリスもダイナも活字の国の子。言葉は共通なのよサ」

ダイナはまたも驚きました。だってジリスに自分の名前を言っていないのに知っているのですもの。

「ここは活字の国。なんでも書かなくっちゃ分からナい。書いてなければ分からナい。だけど書いてあればなんだって分かる」

ジリスはまた前歯をシャカシャカして笑いました。

ジリスの言っていることはダイナには全く分かりませんでした。だけどなんだかその言い回しといい、仕草といい、まるでチェシャ猫のようだわと、ダイナは思いました。

「まあ！　チェシャ猫ってなに？　知らないのに知ってるわ！」

ダイナは自分の言葉にまたもや驚きました。だってダイナはチェシャ猫に会ったことがないんですもの。チェシャ猫は今頃、不思議の国でアリスと出会っているはず。ダイナがそんなこと知る由もないのです。でも、

「知ってるわ！」

ダイナは叫びます。なぜ、

「知ってるの？」

ダイナはへんてこりんな気持ちになりました。話していない言葉と話している言葉が繋《つな》がっているように思いました。

「これが活字の国なのよサ。地底の上には地上。あなたの話はあたしの話。あたしの話は読者の話。読者の話はあさみの話。全部読まれているし、全部操られているのよサ。だからアリスはリスで、ジリスはアリス。だけどアリスはあさみで、ジリスもあさみ。なんだってできるのよサ！」

ジリスの話は複雑でダイナは目が回ります。あさみって何なのよ、と思います。

「こんな暗がりの小さな穴の中で何ができるっていうのよ」

「それならまずは灯《あか》りが必要なのよサ。ちょっと待ってて」

ジリスはそう言うと、穴の奥に引っ込んでいきました。

全く一体全体どうしたっていうのよ。こんな土の中の、白黒の暗い世界で、訳の分からないことを話すリスに会話のペースを持っていかれるようならば、これじゃあ、あの子が主人公の『地底の国のジリス』だわ、とダイナは思いました。

ダイナは上を見上げました。穴は相当深いようで、出口は見えそうにありません。登ることはできなそうだとダイナは諦めました。

「お待たせなのサ」

ジリスは奥から灯りの点《つ》いたランタンを持ってきました。ジリスの巣穴が明るくなります。

「ここは活字の国。正確には活字の国の入り口。なんだってできるのよサ」

ジリスが指を鳴らすと、あたり一面に順々に明かりが灯《とも》っていきます。

「まあ、こんなに広かったの？」

ダイナがさっきから自分の目で見ていたよりもずっとずっと広い空間になっていました。大きさはというと、アリスが百人ぐらい入れそうな地面の広さで、天井も落ちてきた穴が手の届かない高さにまで高くなっていてホールのようになっていました。それと同時に、さっきまで同じ大きさだったと思っていたジリスはアリスほどの大きさになっていたのです。

「なんだってできるなら、ここから私を出してちょうだい」

ダイナはアリスが学校に行っている時以外、いつもアリスと一緒でした。こんなにもアリスと離れ離れになったことがありません。だから早くこのへんてこりんな場所から抜け出して、アリスのもとに帰りたかったのです。

「もちろんなのよサ」

次の瞬間、ダイナは川辺で、アリスと一緒に寝ていたのでした。

アリスが先に起きては、横で寝ているダイナをぽんぽんと撫《な》でます。

「ねぇ起きて。ダイナ起きて」

ダイナはふと起きると、目の前にはジリスがシャリシャリ前歯を鳴らし、笑っていました。

「帰ることもできれば、戻すこともできるのよサ」

「もう！　なんてこと。せっかく戻れたのに」

ダイナはこの理不尽で、不可解な現象に痺《しび》れを切らします。

「元の世界に戻りたいなら、自力でなんとかするのよサ」

ジリスが再び指を鳴らすと、大小様々な扉が目の前に現れました。

お城の扉、木製の扉、頑丈な南京錠《なんきんじょう》がいくつもついた扉、錆《さ》びついた鉄の扉、観音開きに開く荘厳な扉、ドアノブに顔がついている小さな小さな扉、他にもたくさん。

「戻りたければ、穴に入れれば戻れるのサ」

ダイナは上を見上げます。初めに来た穴なんて、高くて手が届きません。

「ここは活字の国の入り口。開けた入り口の先には物語が待っているのよサ」

「物語？」

「そうなのサ。のらの物語もシエルの物語も、なんなら文吉《ぶんきち》だって、他の猫たちだって、みんなみんなこの先で繋がっているし、みんなこの先で暮らしているのよサ」

ダイナは一体なんの話をしているのかさっぱり分かりません。

ジリスは前歯を出してシャリシャリ笑います。

「もう！」

「ここで始めるも、ここで終わるのも、活字次第なのよサ。活字はジリス。ジリスはアリス。アリスはダイナなのよサ」

「もう、さっぱり分からない！　私はどうしたら良いの？」

「お城の扉、木製の扉、頑丈な南京錠がいくつもついた扉、錆びついた鉄の扉、観音開きに開く荘厳な扉、ドアノブに顔がついている小さな小さな扉、他にもたくさん。この中に、戻る穴があるのよサ」

「穴？　扉じゃなくて？」

「今回の活字のテーマは『猫が見ること』なのよサ。じっと見て穴を見つけてなのサ」

ダイナは言われた通り、目の前の扉たちをじっと見つめました。

お城の扉、木製の扉、頑丈な南京錠がいくつもついた扉、錆びついた鉄の扉、観音開きに開く荘厳な扉、ドアノブに顔がついている小さな小さな扉、他にもたくさん。

この中に穴なんてあるもんですか。ダイナは扉に近寄り隅々まで見ました。

木の木目のこと？　それとも南京錠の鍵穴のこと？　錆《さび》が穴のように見えるのかしら？

「ここは活字の国。なんでも書かなくっちゃ分からナい。書いてなければ分からナい。だけど書いてあればなんだって分かる」

ジリスはシャリシャリと笑います。

「穴だって、書いてある。書いてなければ分からナい」

お城の扉、木製の扉、頑丈な南京錠がいくつもついた扉、錆びついた鉄の扉、観音開きに開く荘厳な扉、ドアノブに顔がついている小さな小さな扉、他にもたくさん。

ダイナがじっと見ました。

〝書いてあること〟をじっと見ました。そして、

「もしかして穴ってこれかしら」

「その先に、アリスがいるかもしれナいし、いないかもしれナい。だけど穴はそれなのよサ」

「でも文字の中に、どうしたら入れるの？」

「じっと見ればいいだけなのよサ。始まりにもなるし、終わりにもなるのよサ」

そして、ダイナはジリスに言われた通り穴をじっと見ました。

お城の扉、木製の扉、頑丈な南京錠がいくつもついた扉、錆びついた鉄の扉、観音開きに開く荘厳な扉、ドアノブに顔がついている小さな小さな扉、他にもたくさん。

頑丈な南京錠がいくつもついた扉、錆びついた鉄の扉、観音開きに開く荘厳な扉、ドアノブに顔がついている小さな小さな扉、他にもたくさん。

ドアノブに顔がついている小さな小さな扉、他にもたくさん。

他にもたくさん。
もたくさん。
さん。
ん。
。

猫がこっちを見る理由

あとがき

こんにちは。ジリスなのよサ。穴の先にはあとがきの世界、活字の国がまだ続いていたのよサ。あさみのあとがきはジリスが書くのよサ。だってあさみはジリスなのよサ。ダイナはどこかに行っちゃったけど、これを読んでいる読者がいるからいいのよサ。さ、始めるのよサ！　……だけどここは活字の国。ジリスはあさみ。ジリスにあとがきを乗っ取られるわけにはいきません。

ということで、ここからはしっかり私、雹月《ひょうげつ》あさみが書きます。ジリスが失礼しました。

改めまして、この度は『猫がこっちを見る理由』を読んでいただき、ありがとうございます。

お腹空《なかす》いた。遊んで。何してるの。あれは何だろう。眠たいの。さみしいな。好き……。物語の中でも、様々な「猫がこっちを見る」シーンがありましたが、黒目を丸くしてじっと見ている猫って、かわいいですよね。

先日、我が家に新しい猫をお迎えしました。保護猫さんです。カフェモカみたいな色をしていて、ニッカポッカみたいな足をしているラグドールです。ルシアンという名前です。

最初は警戒してなかなか慣れてくれず、先住猫のやんちゃくれシンガプーラもバチバチに敵意むき出しにしていたのですが、時間が経《た》つにつれてお互い慣れてきて、今ではお気に入りの場所でリラックスしています。

私がルシアンくんの頭を撫《な》でると、気持ちよさそうにぐるぐる喉を鳴らすのですが、彼は喘息《ぜんそく》持ちでうまく喉を鳴らすことができなくて、次第に吐きそうになってしまい、身をかがめながら苦しそうに息をします。

その姿がかわいそうで、頭を撫でるのを躊躇《ためら》ってしまいます。私も子供の頃、喘息で苦しんだ経験があるので、早く良くなって欲しいなと思っています。

そんなルシアンくんですが、私が外出先から帰ってきた時には、嬉《うれ》しそうに出迎えてくれて、こちらを見ながら「にゃあにゃあ」と鳴いてくれます。

本作は、猫がたくさん登場する短編集なのですが、前著の『トイレで読む、トイレのための小説　トイレ小説　よりぬき文庫』では、トイレがたくさん登場する短編小説でした。

前著ではあまりに、トイレ、トイレ、トイレと連呼していたので、本作では、「トイレ」という言葉を使わないようにしました（あとがきで、結局使ってしまいましたが）。

しかし実は、本作に登場するある猫のお話が、前著の後日談になっているものがあります。なので実質、本作もトイレ小説なのだと思います（違う）。

よろしければ、その猫の活躍を前著と合わせて探してみてください。


それから『ねことじいちゃん』で有名な、ねこまき様のイラストがとてもかわいらしくて素敵です。どの猫も好きなのですが、特に私のお気に入りは「その瞳で見てきた全てのものに」と「綿毛」の猫です。どちらも気持ちよさそうにしている猫の表情を見ていると、こちらまでほのぼのしちゃいます。

ねこまき様、描いてくださりありがとうございます。この場をお借りしてお礼申し上げます。

また、編集のM﨑さんを始め、書籍化するのに関わってくださった出版社、印刷会社の皆様、販売してくださった本屋さん、書店員の皆様、いつも支えてくれる家族&にゃんたち、元気をもらえるチームメンバーのみんな、そしてこの本を手に取ってくださった皆様、本当にありがとうございます。それではまた。雹月あさみでした。

猫がこっちを見る理由

お便りはこちらまで

〒102-8177
富士見L文庫編集部　気付
霜月あさみ（様）宛
ねこまき（ミューズワーク）（様）宛

イラスト・挿絵／ねこまき（ミューズワーク）

装丁／岡本歌織（next door design）

猫《ねこ》が こっちを 見《み》る理《り》由《ゆう》

2025年2月3日　初版発行

著　　者　　霄月《ひょうげつ》あさみ
イラスト　　ねこまき（ミューズワーク）

発 行 者　　山下直久
発　　行　　株式会社 KADOKAWA
〒102-8177　東京都千代田区富士見 2-13-3
電話　0570-002-301（ナビダイヤル）

ブックデザイン　　岡本歌織（next door design）
印刷・製本　　大日本印刷株式会社

本書は、カクヨムネクストに掲載された「猫がこっちを見る理由」を加筆修正したものです。

定価はカバーに表示してあります。

●お問い合わせ
https://www.kadokawa.co.jp/（「お問い合わせ」へお進みください）
※内容によっては、お答えできない場合があります。
※サポートは日本国内に限らせていただきます。
※ Japanese text only　ISBN 978-4-04-075607-3　C0093

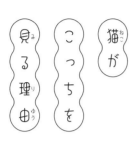

あなたにおすすめのトイレ話は!?

トイレレベル診断

Start!

- トイレは和式派。 → Yes → トイレの時は音消しのために歌う。 / No → トイレ掃除が毎日の日課。
- トイレの時は音消しのために歌う。 → Yes → 未来型トイレが待ち遠しい。 / No → トイレには30分以上滞在する。
- 未来型トイレが待ち遠しい。 → Yes → A / No → トイレでこそ恋愛は起きる!!
- トイレ掃除が毎日の日課。 → Yes → トイレには30分以上滞在する。 / No → 昨日トイレに行った。
- トイレには30分以上滞在する。 → Yes → トイレでこそ恋愛は起きる!! / No → トイレットペーパーは2巻き以上ストックがある。
- トイレでこそ恋愛は起きる!! → Yes → B / No → お気に入りのトイレがある。
- 昨日トイレに行った。 → Yes → トイレットペーパーは2巻き以上ストックがある。 / No → D
- トイレットペーパーは2巻き以上ストックがある。 → Yes → お気に入りのトイレがある。 / No → C
- お気に入りのトイレがある。 → Yes → B / No → C

A 溢れるトイレ愛!
重度のトイレオタク
おすすめ:「IOT連続殺人事件」

B コミュ力高め。
トイレの頼れるお友達
おすすめ:「ママの楽しみ」

C 今日が運命の出会い!?
トイレ業界の就活生
おすすめ:「紙がない!」

D もっとベン強して!!
トイレ転生者
おすすめ:「点呼」

※おすすめ作品は全て『トイレで読む、トイレのためのトイレ小説 よりぬき文庫』に収録されています。